My heart is my own

Rebecca Loebbert
Rhiannan Redmond

Lyriks

IMPRESSUM
© 2022 Copyright by Verlag Federlesen.com
Texte by Rebecca Loebbert
Illustrationen Rhiannan Redmond
Gestaltung: Verlag Federlesen.com
Webseite: federlesen.com
E-Mail: federlesen@gmx.ch

My heart is my own

Rebecca Loebbert
Rhiannan Redmond

Verlag Federlesen.com

My heart is my own - Lyrik

My heart is my own - Lyrik

INHALT

	Inhaltsverzeichnis	vi
	Anmerkung / Author's note	viii
	Vorwort / Foreword	ix
1	Liebes-Lyrik / Love-poetry	1
2	Kriegsgedichte / War-poetry	75
3	Schottland und schottische Geschichte Scotland-poetry	105
4	über Helden und Anti-Helden Heroes and Anti heroes	161
5	über eine Zeit, die die Welt veränderte about a time that changed the world	183
6	Danksagung Acknowledgements	192
7	über die Autorin Rebecca Loebbert about the author	194
8	über die Illustratorin Rhiannan Redmond about the Illustrator	198
9	Bei uns erschienen Books by Rebecca Loebbert	201

My heart is my own - Lyrik

ANMERKUNG

Einige meiner Texte sind im Original auf Deutsch verfasst, andere auf Englisch. In dieser Ausgabe stehen sich jeweils der Text in der Ursprungssprache und eine Übersetzung in die jeweils andere Sprache gegenüber. Damit immer klar ist, welches die originale Fassung ist, ist die Übersetzung kursiv gedruckt.

AUTHOR'S NOTE

Some of my texts have originally been written in German, others in English. This edition includes all the originals and provides translations for the other language. To avoid confusion about which text is the original the translations are printed in italics.

VORWORT

Gedichte sind etwas Faszinierendes.
In der dritten Klasse habe ich zum ersten Mal Gedichte auswendig lernen und interpretieren müssen, in der vierten Klasse habe ich angefangen, selbst welche zu schreiben – auf dem Level einer Grundschülerin natürlich. Aber dies war der Beginn einer Leidenschaft, die sich mit den Jahren entwickelte und wuchs. Ich begann immer mehr eigene Texte zu schreiben und im kleinen Rahmen, etwa auf Schulveranstaltungen, vorzutragen.

Mein Eintritt ins Schülertheater war nochmal ein großer Schritt in meiner Entwicklung als Schriftstellerin. Meine Teilnahme am „Balladen-Parcours" der Rotarier in Bochum – bei dem ich mit Conrad Ferdinand Meyers „Die Füße im Feuer" auftrat – machte mir bewusst, wie sehr ich Lyrik präsentieren wollte.

Ein Gedicht zu lesen ist etwas anderes als es vorzulesen oder es vorgetragen zu bekommen. Der Vortrag entscheidet oftmals darüber, ob wir Zugang zu den Emotionen, die das Gedicht beinhaltet, bekommen; das Gedicht oder die Ballade wird zum Leben erweckt.

Natürlich ist nicht immer jemand da, der einem das Gedicht vorliest, aber wenn ein Gedicht für mich lese, dann stelle ich mir gerne vor, wie es vorgetragen klingen würde; oftmals habe ich sogar eine bestimmte Stimme im Ohr… selbst bei den Gedichten, die ich selbst schreibe.

FOREWORD

Poems are fascinating.
In grade three I had to learn and interpret poems for the first time, in grade four I started to write them myself - at the level of a primary school student, of course. But this was the beginning of a passion that developed and grew over the years. I started to write more and more of my own texts and to present them on a small scale like at school events.

My entry into the school theater was again a big step in my development as a writer. My participation in the "Ballad Parcourse" of Bochum's Rotary Club – where I performed Conrad Ferdinand Meyer's "Die Füße im Feuer" – made me aware of how much I wanted to present poetry.

Reading a poem is different from performing or hearing it. The performance often decides whether we gain access to the emotions contained in the poem; the poem or the ballad is brought to life.

Later the theatre also introduced me to poetry slam. This quite modern form of poetry inspires me above all by its forcefulness when speed and volume play a role in the performance. My own participation in poetry slam competitions and performances increased this newly developed passion.

For what is the reason for writing poetry instead of simple prose texts? The expression, the identity that is in the works.

Auch durch das Theater kam ich letztendlich zum Poetry-Slam. Diese recht moderne Form der Lyrik begeistert mich vor allem durch ihre Eindringlichkeit, wenn beim Vortrag Tempo und Lautstärke eine Rolle spielen. Meine eigene Teilnahme an Poetry-Slam Wettbewerben und Vorträgen steigerte diese neu entwickelte Leidenschaft.

Denn was ist der Grund dafür, Lyrik zu schreiben, anstatt von einfachen Prosa Texten? Der Ausdruck, die Identität, die in den Werken steckt.

Dieses Buch ist in fünf Kategorien geteilt.
Die erste ist Liebeslyrik. Liebe ist wohl eines der größten Themen in der Literatur, besonders in Gedichten. Wenn man es sich genau überlegt ist das nicht verwunderlich, schließlich weiß jeder, der schon einmal verliebt war, wie stark die Emotionen sein können. Und es ist egal, ob es sich um unerwiderte, erfüllte oder verlorene Liebe handelt, Liebe kann einem den größten Schmerz und die größte Freude bereiten.

Die Gedichte in diesem Buch beziehen sich auf verschiedene Personen in verschiedenen Situationen und spiegeln das Chaos von Gefühlen, durch das ich in den vergangenen Jahren mal mehr mal minder gegangen bin.

Ein Gedicht sticht heraus, da es nicht von meiner Liebe, welcher Form auch immer, zu einem Menschen handelt, sondern von meiner Liebe zu Silvano, dem kleinen weißen Pony, das mein Leben auf seine eigene Weise so unfassbar bereichert, dass ich mir nicht mehr vorstellen könnte, ohne ihn zu sein – und das mir seine Liebe immer wieder beweist.

This book is divided into five categories.

The first is love poetry. Love is probably one of the greatest topics in literature, especially in poetry. If you think about it it does not come as a surprise; after all everyone who has ever been in love knows how strong the emotions can be. And it doesn't matter whether it is unrequited, fulfilled or lost love, love can cause you the greatest pain and the greatest joy.

The poems in this book relate to different people in different situations and reflect the chaos of feelings I've been through in the past. One poem stands out because it is not about my love, of whatever form, for a person, but about my love for Sllvano, the most wonderful and faithful horse I have ever met – and which proves his love to me again and again.

The second category consists of war poetry.
This is also a topic that is always present in all times. All centuries have seen wars ever since human beings have existed and even if the type of warfare changes, the result is always the same: loss, pain and destruction.

Two of my poems on this topic are based on my reaction to films and books, while other texts were written out of a feeling, for example during the daily news show or visiting a museum.

The third subject of my texts in this book is a country that I have dealt with a lot in recent years: Scotland, the land of myths and legends. Everyone who has ever been to Scotland knows how breathtaking the rough landscapes of the Highlands are.

Die zweite Kategorie besteht aus Kriegslyrik.
Auch dies ist ein Thema, das in allen Zeiten immer wieder präsent ist. Kriege gab es in jedem Jahrhundert und auch wenn sich die Art der Kriegsführung immer wieder ändert, so ist doch das Ergebnis immer dasselbe: Verlust, Schmerz und Zerstörung.

Zwei meiner Gedichte zu diesem Thema basieren auf meiner Reaktion zu Filmen und Büchern, während andere Texte aus einem Gefühl heraus, etwa während der Tagesthemen oder eines Museumsbesuchs, geschrieben wurden.

Das dritte Thema meiner Texte in diesem Buch ist ein Land, das für mich in den letzten Jahren zur Heimat geworden ist: Schottland.

Jeder, der einmal in Schottland war, weiß, wie atemberaubend die weiten, rauen Landschaften der Highlands sind. Wenn es ein Land gibt, in dem all die Märchen, Mythen und Legenden wahr sind, dann ist es dieses. Aber nicht nur die Landschaft ist faszinierend; es ist die Kultur, die Mentalität der Menschen und die Geschichte.

Insbesondere zwei Punkte in der Geschichte finden immer wieder den Weg in meine Texte.

Zum einen ist da Mary Stuart, Königin der Schotten im 16. Jahrhundert. Mary ist bekannt als eine der tragischsten Figuren in der Geschichte und berührt mich in einer Weise wie es keine andere historische Persönlichkeit tut.

Zum anderen ist da die Jakobiterrebellion von 1745. Dieser letzte Aufstand der Jakobiter, der mit Culloden, der letzten Schlacht auf Britischem Boden, und der versuchten Ausrottung der Highlandkultur endete, hat

If there is a country where all the fairy tales are true, it is this. But not only the landscape is fascinating; it's the culture, the people's mentality and the history.

Especially two points in history always find their way into my texts.

Firstly, there is Mary Stuart, Queen of Scots in the 16th century. Mary is known as one of the most tragic characters in history and touches me in a way no other historical character does.

Secondly, there is the Jacobite rebellion of 1745. This last uprising of the Jacobites, which ended with the last battle on British soil and the attempted eradication of the Highland culture, has always triggered a strange melancholic feeling in me.

Since I started working in the Visitor Centre of Culloden battlefield - the decisive battle - I have come closer and closer to personal destinies and have processed many of them in poems.

The next category consists of Poetry-Slams based on other famous texts that inspired me to write and are always present even in my every-day life.

At last we have two poems that have been written in and about a time that as changed the world and even though many people can't hear the word *Corona* anymore it has had a significant impact on all of us.

One last thing I would like to say: many people I know have done poetry at school and have lost the joy of it. I was sometimes told that I would "over-interpret" texts.

schon immer ein merkwürdig melancholisches Gefühl in mir ausgelöst.

Seit ich angefangen habe im Visitor Centre des Schlachtfelds von Culloden zu arbeiten, bin ich immer näher an persönliche Schicksale herangekommen und nicht wenige verarbeitete ich in einem Gedicht.

Auch die Arbeit mit den Pferden, die in Culloden zuhause sind, inspiriert mich immer wieder neu – sie hat mich unter anderem daran erinnert, dass es nicht nur unzählige Menschen waren, die hier in weniger als einer Stunde des Kampfgetümmels ihr Leben verloren.

Die nächste Kategorie beinhaltet Texte basierend auf anderen berühmten Texten, die mich zum Schreiben inspirierten und mich auch im Alltag oft begleiten.

Die letzte Kategorie, bestehend aus zwei Gedichten, ist einem Thema gewidmet, von dem viele aktuell wohl genug haben.

Auch ich kann das Wort *Corona* in den Nachrichten nur noch schwer ertragen. Doch diese Pandemie hat die Weltgeschichte geprägt und in vielen Jahren werden die Menschen darauf zurückblicken und ihren Kindeskindern erzählen, wie es war, in diesen Zeiten zu leben.

Eine Sache möchte ich an dieser Stelle noch anmerken: viele Menschen, die ich kenne, haben Lyrik in der Schule gemacht und dabei den Spaß an ihr verloren.

Mir selbst wurde im Unterricht hin und wieder gesagt, ich würde Texte „überinterpretieren".

Meiner Meinung nach gibt es so etwas nicht. Ein Autor hat gewisse Ideen und Gedanken, wenn er einen

In my opinion, there is no such thing. An author has certain ideas and thoughts when writing a text, but much more fascinating than considering what the author wanted to say is considering what you see in the text yourself.

There are always texts that you don't really get a grip on, but there are also so many texts that may help you rediscover yourself if you take a closer look.

The most important thing when reading is that you enjoy it.

Rebecca Loebbert, 2022

Text verfasst, aber viel spannender, als zu überlegen, was der Autor sagen wollte, ist es zu überlegen, was man selbst in dem Text sieht.

Es gibt immer Texte, zu denen man keinen Zugang hat, aber es gibt auch so viele Texte, in denen man sich selbst wiederfindet, wenn man nur einmal genauer hinsieht.

Das Wichtigste beim Lesen ist und bleibt, dass man Freude daran hat.

Rebecca Loebbert, 2022

My heart is my own - Lyrik

My heart is my own - Lyrik

Über das Schönste der Gefühle

Texte zum Thema Liebe

The most beautiful of all feelings

Love-poetry

Nah und fern

Ich sehe dich jeden Tag.
Stehst direkt vor mir,
Aber ich weiß nicht, was ich sagen soll
Und du weißt nicht, was ich sehe.
Du bist nicht einfach wie die anderen,
Du lässt mein Herz zu schnell schlagen.
So viele Erinnerungen, Farben,
Aber meine Liebe für dich wird überdauern.

Ich weiß nicht wie und warum.
Frag nicht, ich kann es nicht sagen.
Ein kurzer Blick, rasch und scheu,
So nah – und doch fern.

Wenn ich diese Gänge hinablaufe
Ist es meine Chance dich zu sehen.
Deine Stimme hinter einer geschlossenen Tür.
Bemerkst du es wie ich?
Denkst du manchmal an mich?
Du bist der Mund, die Sterne und Sonne.
Müssen wir die Pfade weitergehen?
Ich weiß, du bist der eine.

Ich weiß nicht wie und warum.
Frag nicht, ich kann es nicht sagen.
Ein kurzer Blick, rasch und scheu,
So nah – und doch fern.

My heart is my own - Lyrik

Close and far away

I see you every day
Standing right in front of me
But I don't know what to say
And you don't know what I see
You're not just like the others
You make my heart beat too fast
So many memories, colours
But my love for you will last.

I don't know how and why.
Don't ask me, I can't say.
A short glimpse, quick and shy,
So close – yet far away.

When I walk down these corridors
It's my chance to look at you
Your voice behind a closed door
Do you notice it like I do?
Do you think of me sometimes?
You're the moon, the stars and sun
Do we have to walk the lines?
I know that you are the one.

I don't know how and why.
Don't ask me, I can't say.
A short glimpse, quick and shy,
So close – yet far away.

Worauf warten wir – ein Poetry-Slam

Ich bin... anders, irgendwie.
Ich passe nicht zur breiten Masse, zu den *Coolen* gehörte ich auch noch nie.
Ich hab immer die anderen, die sogenannten *falschen Sachen* gemacht,
Hab über die *falschen Witze* gelacht.
Ich hab mich nie angepasst, nicht auf die klugen Ratschläge von Mitschülern gehört,
Ich habe mein Leben auf meine Weise gelebt, habe mich nie an Kommentaren und bösen Blicken gestört.
Ich meine, es ist doch auch eigentlich alles relativ...
Wenn man den Kopf dreht, hängt auch das Gerade schief.
Und wer definiert denn all diese Begriffe wie *Freak* oder *Außenseiter*?
Ich meine, ich bin doch froh zu sein wie kein Zweiter,
Ein Individuum auf dieser Erde, ganz alleine kann ich *Ich* sein,
Ich brauche mir von keinem eine Persönlichkeit zu leihen;
Wo wäre denn da der Sinn?
Wer bin ich denn, wenn ich *nicht Ich* bin?

Und worauf warte ich eigentlich?
Das Leben will gelebt werden, ich will verrückt sein, will frei sein
Und wenn ich am Ende des Tages sagen kann
Heute habe ich mein Leben gelebt!
Dann habe ich doch alles erreicht, worum es eigentlich

What are we waiting for – a Poetry Slam

I am… different, somehow.
I don't fit in with the crowds, I never belonged with the cool kids.
I always did the other, the so-called wrong things,
Laughed about the wrong jokes.
I never adapted to the herd, never listened to the smart advice of fellow students,
I lived my life my own way, never felt bothered about angry glares and comments.
I mean, everything is relative after all…
If you turn your head the straight becomes slanted;
and who defines all these words like Freak *or* Misfit*?*
I mean, I am happy to not be like anyone else,
An individual on this earth, only I can be me*,*
I don't need to borrow anyone's personality;
What would be the sense in that?
Who am I if I am not me*?*

And what am I waiting for?
Life wants to be lived, I want to be free, I want to be crazy
And if I can say at the end of the day
Today I lived my life!
Then I've achieved everything that really matters…

Sometimes I watch from a distance, look at the people;
I wonder who they are as each of them has a life of their own.

geht...

Manchmal stehe ich etwas abseits und gucke mir die Leute an.
Ich denke darüber nach, wer sie sind, denn jeder von ihnen lebt sein Leben,

Keinen von ihnen kann es auf dieser Erde noch einmal geben,
Jeder ist etwas Besonderes, etwas Einzigartiges,
Vielleicht auch etwas Eigenartiges,
Jeder hat seine Persönlichkeit, seine Gewohnheiten;
Über manches kann man sich vielleicht wundern
Aber keiner kann daran etwas ändern,
Und eigentlich ist das doch auch gut so,
Wenn wir uns das mal eingestehen würden,
Dass man *nicht* versuchen muss, zu sein wie die anderen.

Aber immer kommt da dieses Wort *eigentlich* dazwischen,
Weil wir es nämlich doch versuchen,
Manchmal mehr und manchmal weniger,
Aber ein bisschen hat sich doch jeder schon mal verstellt,
Hat versucht sich anzupassen, andere nachzumachen,
Sich zu Leuten dazugesellt,
Die ihm eigentlich gar nicht entsprechen,
Weil man das halt so macht, um dazuzugehören.

Aber will ich immer dazu gehören?

Und worauf warte ich eigentlich?

My heart is my own - Lyrik

None of them can exist a second time on this earth,
Each one is somehow special, somehow unique,
Maybe somehow peculiar,
Each has their own personality, their own habits;
You might be surprised at some things
But no one can change that
And actually, that's a good thing
That you don't *have to try to be like the others.*

But this word actually *always gets in the way,*
Because sometimes we do try it,
Sometimes more and sometimes less,
But everyone has disguised before,
Tried to adapt, imitate others,
Joined people
Who really aren't good at all,
Because that's what you do to fit in.

But do I always want to fit in?

And what am I waiting for?
Life wants to be lived, I want to be free, I want to be crazy
And if I can say at the end of the day
Today I lived my life!
Then I've achieved everything that really matters…

Where would we be then, if everyone had such special ideas?
If everyone was as complicated, as strange,
Where would we be then?
But if I consider it properly, we can never please the people
You can gossip about everyone, talk big or laugh,
Because everyone has their quirks and fads;

Das Leben will gelebt werden, ich will verrückt sein, will frei sein
Und wenn ich am Ende des Tages sagen kann
Heute habe ich mein Leben gelebt!
Dann habe ich doch alles erreicht, worum es eigentlich geht...

Wo kämen wir denn hin, wenn jeder solche Extrawünsche wie du hätte?
Wenn jeder so kompliziert und so eigenartig wäre,
Wo kämen wir denn hin?
Aber wenn ich mal überlege, dann kann man es den Leuten nie recht machen,
Man kann über jeden reden, sich das Maul zerreißen oder ihn verlachen,
Weil irgendwo hat jeder seine Macken, seine Marotten;
Und warum kümmert sich nicht jeder einfach mal um seine eigenen Klamotten?
Ließe es sich nicht mit einem *Wie kann ich dir helfen* viel einfacher leben,
Als mit einem *Du schaffst das ja sowieso nie*?
Wieso beginnt man Fragen immer mit einem *ob* anstatt mit einem *wie*?

Und überhaupt diese Frage:
Wo kämen wir denn hin?
Ist es nicht viel wichtiger zu fragen, wo wir jetzt schon sind?
Wieso schauen wir immer auf das, was wir verlieren,
Schaut doch mal auf alles, was man gewinnt!
Denn im Leben gibt es so vieles, was wir schon erreicht haben,
Was alleine uns gehört,

And why doesn't everyone mind their own business?
Wouldn't it be so much easier to live with a How can I help
Rather than a, You'll never do it?
Why do we always start questions with if *rather than* how?

And this whole question:
Where would we be then?
Isn't it so much more important to ask where we already are?
Why do we always look back at what we lose,
Rather than look at what we'll get!
Because there are so many things we were given from life,
They only belong to us,
But to find happiness in them we need to share them,
Or we'll stay alone with them.
And somewhere there is someone for everyone,
Someone who understands, who maybe just lives for the other one,
But to find this one we need to open our eyes and be prepared for life.

And what am I waiting for?
Life wants to be lived, I want to be free, I want to be crazy
And if I can say at the end of the day
Today I lived my life!
Then I've achieved everything that really matters…

Why am I different?
Well, because I am not like you *or* him, *but only like* me.
Why am I louder?
Well, because the world around me is too quiet, too meaningless.
Why am I more colourful?

Aber um uns daran zu erfreuen müssen wir es teilen,
Sonst bleiben wir für immer alleine damit.
Und irgendwo gibt es für jeden jemanden, der zu ihm passt,
Der ihn versteht, der vielleicht nur für den anderen lebt,
Aber um ihn zu finden, muss man die Augen öffnen und sich auf das Leben einlassen.

Und worauf warte ich eigentlich?
Das Leben will gelebt werden, ich will verrückt sein, will frei sein
Und wenn ich am Ende des Tages sagen kann
Heute habe ich mein Leben gelebt!
Dann habe ich doch alles erreicht, worum es eigentlich geht...

Wieso ich anders bin?
Nun, weil ich nicht wie *du* oder wie *er* bin, sondern nur wie *ich*.
Wieso ich lauter bin?
Nun, weil die Welt um mich herum zu leise ist, zu unbedeutend.
Wieso ich bunter bin?
Nun, weil es schon zu viel schwarz und weiß auf dieser Erde gibt.

Und manchmal war ich alleine, aber ich war nicht einsam, weil es so viele auf dieser Welt gibt, die auch *anders* sind, und die darum genau *wie ich* sind.
Und dann habe ich dich getroffen und du bist auch anders und nicht wie alle anderen.

Well, because there is already too much black and white in this world.

And sometimes I was alone, but I wasn't lonely,
Because there are so many people in the world who are also different *and are thus* like me.
And then I met you and you are different and not like the others.
And maybe we are strange sometimes, are peculiar, are simply us.
And you are silent when I am too loud,
You hold me when I slip away,
You are there when I need you.
And when I am with you I am simply me *as with you I don't need to be anyone else, I don't need to worry about who I want to be as I have known that all along.*
And I know there are so many reasons to live and to love this life.

And what are we waiting for?
Life wants to be lived, let's be free, let's be crazy!
And at the end of the day we'll say:
Today we lived our lives!
  Then we've achieved everything that really matters…

Und vielleicht sind wir manchmal seltsam, sind
sonderbar, sind einfach mal *wir*.
Und du bist still, wenn ich zu laut bin,
Du hältst mich fest, wenn ich mir entgleite,
Du bist da, wenn ich dich brauche.
Und wenn ich bei dir bin, dann bin ich nur noch *ich*,
denn bei dir brauche ich kein anderer zu sein, brauche
mir keine Gedanken darüber zu machen, wer ich sein
will, denn das weiß ich längst.
Und ich weiß, dass es so viele Gründe gibt, zu leben
und das Leben zu genießen.

Und worauf warten wir eigentlich?
Das Leben will gelebt werden, lass uns verrückt sein,
lass uns frei sein!
Und am Ende des Tages werden wir sagen
Heute haben wir unser Leben gelebt!
  Dann haben wir doch alles erreicht, worum es
       eigentlich geht...

My heart is my own - Lyrik

Inneres Risiko-Spiel – Teil I

Und du drehst dich um
Und ich drehe mich um
    Und gehe fort.
Schon wieder.

Ich tat es so viele Male,
Wir taten es so viele Male,
Ich habe aufgehört zu zählen.
Ich habe aufgehört zu zählen, wie oft ich zurücksah
    Über meine Schulter
    Als du fortgingst.
Es ist seltsam,
Es ist irgendwie falsch.
Ich weiß gar nicht wirklich
    Was ich fühle.

Ich habe Angst, deshalb.
Angst vor dir,
Angst vor mir,
    Und vor dem was du vielleicht tust,
Und vor dem was ich vielleicht tue.

Ich war ein Vogel,
    Habe vergessen, wie man fliegt.
Ich war ein Löwe,
    Habe vergessen, wie man brüllt.
Ich habe vergessen,
    Was ich wirklich will.

Und jedes Mal, wenn du mich heim bringst

Mental Risk-game – Part I

And you turn around
And I turn around
    And I walk away.
Again.

I did that so many times,
We did that so many times,
I stopped counting.
I stopped counting how often I glanced back
    Over my shoulder
        When you walked away

It feels weird,
It feels wrong somehow.
I really don't know what I feel
    At all.
I'm afraid, that is why.
Afraid of you,
Afraid of myself,
    And of what I might do,
And of what you might do.

I was a bird,
    But I forgot how to fly.
I was a lion,
    But I forgot how to roar.
I have forgotten
    What I really want.

And every time you bring me home,

My heart is my own - Lyrik

Drehe ich mich einfach um
    Und gehe.
    Und es fühlt sich falsch an,
    Aber bleiben wäre genauso falsch.

Ich habe Angst.
Ich habe Flügel,
    Aber wage nicht zu fliegen.
Ich habe meine Stimme,
    Aber wage nicht zu brüllen.
Ängstlich.
Immer ängstlich

Ich wurde verletzt
    Und will das nicht nochmal.
Ich habe verloren
    Und will das nicht nochmal.
Ich weinte so oft
    Und will das nicht nochmal.
Warum es riskieren?

Was riskieren?
Riskiere meinen Verstand
    Mein Herz
        Meine Liebe.
Warum sie riskieren?

Und wenn du mich heimbringst
Und dich umdrehst
Und ich mich umdrehe –
Warum nicht dabei bleiben?
    Es funktioniert, wir wissen das.
Warum etwas anderes riskieren,

I just turn around
    And leave.
    And it feels wrong somehow,
    But staying is wrong too.

I'm scared.
I got my wings,
    But don't dare to fly.
I got my voice,
    But don't dare to roar.
Scared.
Always scared.

I got hurt before
    And I don't want that again.
I lost before
    And I don't want that again.
I cried so often
    And I don't want that again.
Why risk it?

Risk what?
Risk my mind
    My heart
        My love.
Why risk them?

And when you walk me home
And you turn away
And I turn away –
Why not stick to this?
    It works, we know that.
Why risk doing something else,

Etwas Furchtloses,
Etwas Dummes,
Etwas Mutiges,
Etwas Neues?
Warum riskieren, was wir haben?

Ich fürchte mich,
Jedes Mal, wenn wir uns trennen, fürchte ich mich
Dass wir das Falsche tun,
Aber das etwas anderes
Noch viel falscher wäre.

Und dann sitze ich allein
Und starre in die Dunkelheit meines Zimmers,
Frage mich, was ich hier tue,
Allein.

Und ob es das Risiko wert ist,
Das Risiko verletzt zu werden,
Zu verlieren,
Zu weinen.
Und ob es das Risiko wert ist,
Das Risiko, etwas Neues zu entdecken,
Etwas anderes,

Etwas Außergewöhnliches.

Something reckless,
Something stupid,
Something brave,
Something new?
Why risk what we have got?

I'm afraid,
Every time we part I'm afraid
That we're doing the wrong thing,
But that doing something else
Would be even more wrong.

And then I sit alone
And stare into the darkness of my room,
Wondering what I am doing here,
Alone.

And if it is worth the risk,
The risk of getting hurt,
Of losing,
Of crying.
And if it is worth the risk,
The risk of discovering something new,
Something different,
Something amazing.

Ist es Liebe? – Teil II

Die Welt steht still
    Für einen Moment
        Als mein Telefon klingelt.
Mein Atem stockt
    Für einen Moment
        Als ich lese.
Mein Herz schlägt zu schnell,
    Schneller als es sollte,
        Zu schnell eigentlich.

Was ist das?
    Kann jemand erklären?
    Warum fühle ich so?

Im Radio spielt dieses Lied:
„Ist es Liebe, ist es Liebe, oder alberst du nur herum?"

Ist das Liebe?
    Was ist es?
        Kann jemand es erklären?

Meine Brust ist zugeschnürt,
    Ich kann kaum atmen.
Was geschieht mit mir?
Was geschieht,
    Warum fühle ich so?

Ich bin ein verängstigtes Kind,
    Ein unsicherer Teenager,
        Ein ängstlicher kleiner Vogel.

Is it love? - Part II

The world stands still
        For a moment
        As my phone rings.
My breath stands still
        For a moment
        As I read.
My heart beats fast,
        Faster than it should,
        Way too fast indeed.

What is this?
        Can anyone explain to me?
        Why do I feel like this?

On the radio, they play that song:
"Is it love, is it love, or are you just fooling around?"

Is this love?
        What is this?
Can anyone please explain?

My chest feels tight,
        So tight I can hardly breathe.
What is happening to me?
What is going on,
        Why do I feel like this?

I'm an anxious child,
        I'm an uncertain teenage girl,
                I'm a frightened little bird.

Was fühle ich?
Warum rast mein Herz so schnell?
Warum kann ich meinen Geist nicht mehr kontrollieren?
Ich weiß nicht, ob ich das will.
    Ich weiß nicht, ob ich das kann,
    Ich fürchte mich zu sehr.

„*Ist es Liebe, ist es Liebe, oder albere ich nur herum?*"

Ist es Liebe,
    Oder nur der Wunsch nach Liebe?

Ist es Liebe,
    Oder nur ein albernes Spiel?
Ist es Liebe,
    Oder nur ein Trick des Kopfes?

Warum zittern meine Hände?
Warum friere und schwitze ich?
Warum ist mein Magen so in Aufruhr?

Ist es Liebe?
    Ist es Liebe?
        Oder nur ein albernes Spiel der Menschen?

My heart is my own - Lyrik

What is it that I feel?
Why does my heart race so fast?
Why can't I control my mind anymore?
I'm not sure I want this,
       I'm not sure I can do this,
       I am way too scared.

"Is it love, is it love, or am I just fooling around?"

Is this love,
       Or just the wish for love?

Is this love,
       Or just a foolish game?
Is this love,
       Or just a trick of my mind?

Why are my hands shaking?
Why am I freezing and sweating?
Why is my stomach in such turmoil?

Is it love?
       Is it love?
              Or just a foolish, human, game?

Ist es richtig? – Teil III

Und du stehst vor mir,
　　Schaust zu mir herab
　　　　Mit diesem Lächeln.
Und ich frage mich
　　Ist es das, was es sein soll,
　　　　Ist das richtig?

Und noch immer spielt dasselbe Lied
„Ist es Liebe, ist es Liebe, oder albern wir nur herum?"

Und ich mache mir immer noch Sorgen,
　　Denke immer noch an alles, was schief gehen kann…
Aber es fühlt sich gut an,
　　Es fühlt sich echt an,
　　　　Es fühlt sich richtig an.

Und wenn ich dich sehe,
　　Lächle ich.
Und wenn du nah bist,
　　Lache ich.

Und was ist richtig oder falsch
　　Wenn es nur ein Leben
　　　Zu entdecken gibt.

„Ist es Liebe, ist es Liebe…"

Ändere das Lied,
　　Genug Sorgen,
　　　　Genug Ängste.

Is it right? – Part III

And then you stand in front of me,
    Looking down at me
        With that smile of yours.
And then I wonder
    Is this how it's supposed to be,
        Is this right?

And it's still the same song playing
"Is it love, is it love, or are we just fooling around?"

And I still worry,
    Still think of all that can go wrong…
But it feels good,
    It feels real,
        It feels right somehow.

And when I see you,
    I smile.
And when you're near,
    I laugh.

And what's right or wrong
    When there's only one life
    For discovering?

"Is it love, is it love…"

Change the track,
    Enough worries,

Ändere das Lied:

„Nimm mich jetzt, Baby, so wie ich bin,
 Halt mich fest, versuche zu verstehen…"

Ist es richtig?
 Fragt der Kopf.
Es fühlt sich richtig an!
 Sagt das Herz.
Ist es töricht?
 Fragt der Verstand.
Vielleicht ist Liebe
 Irgendwie töricht!
  Sagt das Herz.

Hör auf zu fragen,
 Beginne zu leben –
  Denn wir bekommen dieses Leben nicht noch einmal
Und die Zeit zu bereuen
 Ist nicht jetzt
  Denn das Leben ist zu kurz zum Bereuen.
Und die Zeit zum Fürchten
 Ist nicht jetzt
  Denn vielleicht gibt es nichts zum Fürchten.

„Komm schon, versuche zu verstehen
 Wie ich mich in deinen Händen fühle…"

Und es fühlt sich richtig an;
 Und vielleicht ist es einfach
  Weil es das ist.

Enough fears.

Change the track:

"Take me now, baby, here as I am,
    Pull me close try and understand…"

Is it right?
    Asks the head.
It feels right!
    Says the heart.
Is it foolish?
    Asks the mind.
Maybe love is
    Somehow foolish!
        Says the heart.

Stop musing,
    Start living -
        For we won't get this life again.
And the time to regret
    Is not now
        For life's too short for regrets.
And the time to worry
    Is not now
        For maybe there's nothing to worry about.

"Come on now, try and understand
    The way I feel when I'm in your hands…"

And then it feels right;

Eines Tages, wenn ich alt bin
    Und du alt bist
Können wir diese Geschichte erzählen.
Und vielleicht werden meine Kinder fragen
    Ob ich Angst hatte –
Aber ich werde sagen:
    Die hatte ich. Aber ich habe es gewagt.
    Und es war gut.

    And maybe that is simply
        Because it is.

So one day, when I'm old
    And you are old
We can tell this story.
And maybe my children will ask
    Whether I was afraid –
But I will reply:
    I was! But I risked it.
        And it was good.

Gewitter in den Highlands

Der Himmel ist grau.
Das Grollen von Donner rollt über das Land.
Ein einzelner Regentropfen küsst meine Haut
Und du hältst meine Hand.

Die Luft ist warm.
Blitze erhellen den Himmel über den Felsen.
Regentropfen beginnen zu fallen und die Erde zu küssen.
Du schüttelst deine nassen Locken.

Ein Wind heult.
Die Bäume tanzen zu seiner schönen Melodie.
Tiere verlassen ihre dunklen Höhlen um dazu zu kommen.
Du hältst mich in deinen Armen.

Und in eben diesem Moment
Beginne ich zu verstehen:
Was wollte ich je anderes
Als dich und dieses friedliche Land.

Thunderstorm in the Highlands

The Sky is grey.
The sound of thunder rolls across the land.
A single raindrop kisses my skin.
And you are holding my hand.

The air is warm.
Lightning brightens the sky above the rocks.
Raindrops start falling and kiss the earth.
You are shaking your wet locks.

A wind does howl.
The trees dance to its lovely melody.
Animals leave their dark holes to join.
In your arms you're holding me.

And in this very moment
I start to understand:
What it is that I wanted -
Just you and this peaceful land.

Wer bin ich? – ein Poetry-Slam

Ich habe in der Schule viele Dinge gelernt, über das Leben. Ich habe Mathematik studiert, über Goethe und Schiller philosophiert, über Religion und Realität debattiert, über die Allgemeinheit diskutiert. Ich habe mir Meinungen gebildet und Rätsel gelöst, manchmal hab ich auch im Unterricht einfach nur ein bisschen gedöst, um meinen Schlafmangel zu kompensieren, auf diese Weise kann man ja auch vom Erdkundeunterricht profitieren.

Und manches Mal war ich meinen Lehrern dankbar, weil sie mir wichtige Dinge nähergebracht und mir vieles gezeigt haben, und manchmal hat sich meine Sichtweise auch verändert, und manchmal halt auch nicht.

Doch eine Sache, die hab ich nicht gefunden, ich hab in meinen schlauen Büchern gelesen, viele Stunden, habe Philosophen und Wissenschaftler befragt, doch die Suche nach dem *glücklichen Leben* hat schon Seneca geplagt. Ich frage mich, was mir all mein Wissen bringt, wenn mein Herz ein noch viel lauteres Lied singt, wenn die Stimmen in meinem Inneren viel lauter sind als der Lärm dort draußen.

Also mache ich mich auf die Suche. Ich gehe tief hinein in mein Innerstes und forsche, bis ich auf den Grund gelange. Und dort, ganz tief verborgen, ist ein Funke, der darauf wartet zu erwachen...

Sein oder Nicht Sein, das ist doch hier die Frage!
Was will ich sein, und was will ich nicht sein?

Who am I? – a Poetry-Slam

At school, I learned a lot about life. I studied mathematics, philosophized about Goethe and Schiller, debated religion and reality, discussed the general public. I formed opinions and solved riddles, sometimes I just dozed a bit in class to compensate for my lack of sleep, this way you can also benefit from geography classes. And sometimes I was grateful to my teachers because they brought important things closer to me and showed me a lot, and sometimes my perspective has changed and sometimes it has not. But one thing I didn't find. I read my clever books for many hours, asked philosophers and scientists, but the search for the happy life had already plagued Seneca. I wonder what all my knowledge helps me with, if my heart sings an even louder song. If the voices inside me are much louder than the noise outside.

So, I go on a search. I go deep into my inner self and delve deeply until I get to the bottom. And there, deep down, is a spark waiting to awake...

To be or not to be, that is the question here!
What do I want to be and what don't I want to be?
Who do I let into my thoughts and who do I let into my heart?
Who belongs to me and who doesn't?
  Who is it that loves me and who is it that breaks me

And when I think about my life, about the life that lies ahead of me and for which there are so many possibilities, then I am overwhelmed and my list of everything I want to do is so long, but I know that I can do it all.

Wen lasse ich in meine Gedanken und wen lasse ich in mein Herz hinein?
Wer gehört zu mir und wer tut es nicht?
Wer ist es, der mich liebt, und wer ist es, der mich bricht?

Und wenn ich an mein Leben denke, an das Leben, das noch vor mir liegt, und für das es so unendlich viele Möglichkeiten gibt, dann bin ich überwältigt und meine Liste mit allem, was ich tun will, ist so unendlich lang, doch ich weiß, dass ich das alles schaffen kann.

Und manche Menschen meinen, sie wüssten es besser, sie sind Gelehrte, sind Professoren, geben dir gute Ratschläge, weil sie sich für klüger halten, weil sie dich nicht verstehen, sondern dich mit anderen Augen sehen als du selbst.
    Aber andere Menschen sind halt *anders* und sie sind nicht weniger sonderbar, als sie meinen, dass du es bist. Sie sehen, was du alles werden könntest, und dass du das nicht vergisst, wenn du ins Leben hinausziehst, ohne Plan, um einfach mal nur zum Spaß zu leben, ohne was auf die Profite und Meinungen anderer zu geben.

Aber was genau ist denn jetzt dieses glückliche Leben, von dem alle Welt spricht?
    Ist es die Realität, oder sind es vielleicht nur Verse in einem romantisierten, realitätsfernen Gedicht?
    Ist das Glück, das ich suche, groß, oder klein, ist es eindrucksvoll, unscheinbar oder fein?

Ich habe in meinem Leben viele Dinge gelernt, wie ich zum Ziel komme, wie ich anderen gefalle, dieselben

And some people think they know better, they're scholars, they're professors, they give you good advice because they think they're smarter, because they don't understand you, but see you with different eyes than yourself. But other people are just different *and they're no less weird than they think you are. They see what you could become, and that you don't forget that when you go out into life without a plan, just to live for fun, not caring about the profits and opinions of others.*

But what exactly is this happy life that everyone is talking about? Is it reality, or maybe just verses in a romanticized, unrealistic poem?
Is the happiness I'm looking for big or small, is it impressive, inconspicuous or subtle?

I've learned many things in my life: how to get things done, how to please others, the same things we all learn at some point. But I understood what happiness means when I met you. I understood what love means.
When is a human a human, the philosophers have asked. When am I myself, I always wanted to know. But I found the answer, I don't have to search any longer,
I don't pretend with you, I don't even have to try, because you show me that I can just be myself with you and that you are there for me, for a lifetime And we have both left the planned paths, have embarked on a new path, together and without doubt, because I have found an answer to those questions of why*: Because it makes me happy.*

Dinge die wir alle irgendwann lernen.

Aber ich habe verstanden, was Glück bedeutet, als ich dich getroffen habe. Ich habe verstanden, was Liebe bedeutet.

Wann ist der Mensch ein Mensch, haben die Philosophen gefragt.

Wann bin ich *ich*, das wollte *ich* immer wissen.

Doch die Antwort habe ich gefunden, da muss ich nicht länger suchen, bei dir verstelle ich mich nicht, das brauche ich gar nicht erst zu versuchen, weil du mir zeigst, dass ich bei dir einfach *ich* sein kann, und du für mich da bist, ein Leben lang.

Und wir haben beide die geplanten Wege verlassen, haben einen neuen Weg eingeschlagen, gemeinsam und ohne zu zweifeln, denn auf die Fragen, die uns erwarten, nach dem Warum habe ich eine Antwort gefunden: Weil es mich glücklich macht.

Denn das, worauf es wirklich ankommt, sieht man nicht mit dem Auge, sondern mit dem Herzen, wenn man spürt, was der richtige Weg ist, denn den kann einem keiner vorgeben, den kann einem niemand vorleben, der existiert nur für einen selbst.

Und ich habe erkannt, worauf es mir ankommt, dass ich als Teil eines Ganzen ein Individuum bin, das es nicht noch einmal gibt.

Und es ist mir gleich, wie unruhig und laut die Welt dort draußen ist, denn wenn ich bei dir bin, dann schaffen wir uns unsere eigene Welt, dann bin ich die Prinzessin und du bist mein Held, du bist mein Froschkönig, ich deine verzauberte Fee in unserem magischen, verborgenen Schloss.

Because what really matters is not seen with the eye, but with the heart when you feel what the right path is, because nobody can tell you that, nobody can walk this path for you, it only exists for yourself. And I have recognized what is important to me, that as part of a whole I am an individual. And I don't care how restless and noisy the world out there is, because when I'm with you we create our own world, then I'm the princess and you're my hero, you're my frog prince, I'm your enchanted fairy in our magical hidden castle.

And what I am, nobody can take away from me, and what we are, nobody can take away from us, because there is only one us, *and what is between us belongs to no one else.*

So stop thinking and follow your feelings, your inner voice that wants to lead you on the right path, follow your heart, because maybe it will find the heart that beats in unison with it. Just listen to the silence and then you hear a soft beating in the distance that wants to guide you on the way...

Und was ich bin, das nimmt mir keiner weg, und was wir sind, das nimmt uns keiner weg, weil es uns nur einmal gibt, und das, was da zwischen uns ist, das gehört nur uns.

Also hör auf nachzudenken und folge deinen Gefühlen, deinen inneren Stimmen, die dich auf den richtigen Pfad führen wollen, folge deinem Herzen, denn vielleicht findet es das Herz, das mit ihm im Einklang schlägt.
Lausche einfach der Stille und dann hörst du ganz entfernt ein leises Klopfen, das dir den Weg weisen möchte...

My heart is my own - Lyrik

Nacht im Wald

Stille.
Es ist so still hier
draußen-
Das letzte Licht des Tages
Ist bereits verschwunden.
Die dunkle Silhouette
eines Baumes
Spiegelt sich im Fluss.
Und in der hellen
Reflektion des Mondes
Ist ein Gesicht, das mir gehört.

Friedlich.
Es ist so friedlich hier draußen.
Ein Fuchs sitzt dort drüben,
seine Jungen warten im Bau.
Der dunkle Schatten einer Fledermaus
Fliegt durch den Wald;
Ich sehe zu und werde mich daran erinnern
Wenn ich in meinem Bett liege.

Vollkommenheit.
Es ist so vollkommen hier draußen.
Die Sterne leuchten hell,
Selten habe ich solch eine Nacht gesehen.
Die Luft ist kühl und frisch und klar
Während ich hier draußen sitze.
In den sich verändernden Bildern der Wellen
Sehe ich für einen Augenblick dein Gesicht.

Night in the woods

Silence.
It's so silent out here.
The last light of the day
Already faded away.
The dark silhouette of a tree
Mirrors in the stream.
And in the moon's bright reflection
There's a face that belongs to me.

Peaceful.
It's so peaceful out here
A fox sits over there,
Cubs waiting in its lair.
The dark shadow of a bat
Flying through the woods;
I watch it and will remember
When I am laying in my bed.

Lovely.
It's so lovely out here.
The stars are shining bright,
I've rarely seen such a night.
The air is cool and fresh and clear
While I'm sitting here.
In changing pictures of the waves
For a glimpse, I see your face.

Am Fluss

Sag mir nun –
Während wir an diesem Fluss sitzen,
In dieser geschäftigen Stadt:

Sag mir hier –
Während wir jung sind, und frei, und
In dieser großen weiten Welt leben:

Was träumst du
Wenn du in die Ferne schaust?
Was denkst du
Wenn du den violetten Sonnenuntergang betrachtest?
Ist dies, wie wir sein sollen
*   -   Waghalsig, wild und frei?*

Wenn du über
Den Fluss schaust, sein stetiges Fließen beobachtest;
Wenn du in die
Sonne blinzelst, die dir warm ins Gesicht scheint –
Denkst du jemals, dass es Zeit wird, zu gehen?
Oder willst du für immer bleiben
*   Als die Kinder, die wir sind?*

Sag mir etwas, bitte –
Während du still bei mir sitzt
In dieser Sommerbrise:

Was brauchen wir
Als unsere Jugend und dieses friedliche Land?

By the river

Tell me something now –
While we sit by this river
In this busy town:

Tell me something here –
While we're young and free and alive
In this great big world:

What are you dreaming
When you look into the distance?
What are you thinking
While we watch the purple sunsets?
Is this how we are meant to be
- Reckless, wild and free?

When you look over
The river, watch its steady flow;
When you blink into
The sun, shining warm upon you –
Do you ever think it's time to go?
Or to stay here forever
  As the children that we are?

Tell me something, please –
While you quietly sit with me
In this summer breeze:

What is it we need
But our youth and this peaceful land?
What is it you want

*Was willst du
Anderes als diese Wildblume in deiner Hand?*

*Wenn du dir hier und jetzt etwas wünschen könntest,
Was würdest du dir wünschen
      Außer der Schönheit dieses Augenblicks?*

But the wee daisy in your hand?

If you could make a wish right here,
What else would you wish for
  But the beauty of this moment?

Maitag – ein Poetry-Slam

Der erste richtig warme Tag des Jahres. Nicht heiß, nicht schwül, nicht stickig. Bloß warm. Die Sonne scheint unablässig von einem blauen Himmel, dabei weht ein lauer Wind.
Ich betrachte meine Umgebung, nehme sie mit jeder Faser meines Körpers wahr.
Vögel ziehen über mir ihre Kreise, schwarze Silhouetten auf strahlendem Hintergrund; Wolken treiben zwischen ihnen umher wie Schafe auf der Weide; die intensiven Gerüche und Geräusche: das Zwitschern aus den Baumkronen, das Singen des Windes, wenn er durch meine Haare tanzt, das Murmeln der Menschen in der Ferne. Die klare Luft, der unverkennbare Duft nach frischem Gras, selbst die Wärme scheint durch meine Lunge zu strömen.
Ich atme alles ein und halte es für einen Augenblick fest, ehe ich es wieder freigebe.
Und ich stelle mir vor, wie es wäre, hier zu sitzen und deine Hand zu halten.

Das Gras grünt gewissenhaft unter meinen Füßen. Ich spüre, wie die Halme meine Fußsohlen kitzeln und ziehe einzelne mit den Zehen aus der lockeren Erde. Nur hier und da wird der grüne Ozean unterbrochen von dem Weiß eines Gänseblümchens oder dem unglaublichen Gelb eines Löwenzahns.
Ich betrachte die liebevollen Details der Blütenköpfe, vergleiche sie und sehe die winzigen Unterschiede, die jede Blüte einzigartig machen. Insgeheim frage ich mich, ob sie sich auch im Duft auf kaum merkliche Wei-

May-Day – a Poetry-Slam

The first really warm day of the year. Not hot, not muggy, not humid. Just warm. The sun shines from a blue sky, with a mild wind blowing.
I look at my surroundings, take them in with every fiber of my body.
Birds make circles above me, black silhouettes on a bright background; clouds drift over them like sheep in a pasture. The intense smells and sounds: the chirping from the treetops, the singing of the wind as it dances through my hair, the murmur of people in the distance. The clear air, the unmistakable scent of fresh grass, even the warmth seems to flow through my lungs.
I breathe everything in and hold it for a moment before releasing it.
And I'm imagining what it would be like to sit here and hold your hand.

The grass greens under my feet. I can feel the culms tickling the soles of my feet and I pull some of them out of the loose earth with my toes. Only here and there is the green ocean broken by the white of a daisy or the incredible yellow of a dandelion. I look at the lovely details of the flower heads, comparing them and seeing the tiny differences that make each flower unique. Secretly, I wonder if they also differ in scent in a way that is barely noticeable for us humans.
I touch a dandelion and let my fingertips rest on the soft leaves for a few moments. It feels like velvet as they caress my skin.
I let this feeling sink in, it moves from my fingertips up into my hands, my arms, my whole body.
And I'm imagining what it would be like to sit here and lean my head on your shoulder.

se voneinander abheben.
Ich berühre einen Löwenzahn und lasse meine Fingerspitzen für einige Augenblicke auf den weichen Blättern ruhen. Wie Samt fühlt es sich an, wie sie meine Haut streicheln.
Ich lasse dieses Gefühl auf mich wirken, es zieht von meinen Fingerspitzen hinauf in die Hände, die Arme, meinen ganzen Körper.
Und ich stelle mir vor, wie es wäre, hier zu sitzen und meinen Kopf an deine Schulter zu lehnen.

Eine Hummel fliegt an mir vorbei. Sie lässt sich auf einer der Blumen nieder, verweilt dort kurz, ehe sie zur nächsten wandert. Ich höre ihr wohliges Brummen, wenn ihre Flügel in gleichmäßigem Rhythmus schlagen, während sie zwischen all den köstlichen Gerüchen der Wiese wählen muss.
Zwischen meinen Füßen hat sich ein Marienkäfer niedergelassen. Ich betrachte sein gepunktetes rotes Kleid, die winzigen schwarzen Beine, die sich geschickt an einen Grashalm klammern. Ich schaue zu, wie er seinen Weg geht, Grashalm für Grashalm, bis er auf einem Kleeblatt Halt macht. Er muss die Sonne genauso genießen wie ich selbst, die Ruhe und den Frieden dieses Momentes.
Wo man das Gefühl hat, dass der Lärm des Alltags nicht zu einem durchdringt, dass all die Pflichten und Sorgen in Bedeutungslosigkeit versinken.
Ich lasse alles um mich herum auf mich wirken. Die Wärme der Sonnenstrahlen, das Streicheln des Windes, das Zwitschern der Vögel und Brummen der Hummel,

My heart is my own - Lyrik

A bumblebee flies past me. It settles on one of the flowers, lingers there briefly before moving on to the next. I hear its pleasant humming as its wings flutter in a steady rhythm while it has to choose between all the delicious smells of the meadow.

A ladybug settled between my feet. I look at its polka dot red dress, tiny black legs clinging deftly to a blade of grass. I watch as it makes its way, grass stalk for grass stalk, until it stops on a clover. It enjoys the sun as much as I do, the stillness and peace of this moment.

In this moment you have the feeling that the noise of everyday life cannot get through to you, that all the duties and worries sink into meaninglessness.

I open myself to my surroundings. The warmth of the sun's rays, the caressing of the wind, the chirping of birds and the buzzing of bumblebees, the green of the meadow and yellow of dandelions, the scent of summer and freedom.

And I imagine what it would be like to stretch out here on the green ocean, close my eyes and lie in your arms.

das Grün der Wiese und Gelb des Löwenzahns, den Duft nach Sommer und Freiheit.
Und ich stelle mir vor, wie es wäre, mich hier auf der grünen Weite auszustrecken, die Augen zu schließen und in deinen Armen zu liegen.

My heart is my own - Lyrik

Dienstag Nachmittag

*Ich sitze an dem großen Fenster
Dieses gemütlichen, kleinen Cafés
Beobachte die vorbeigehenden Leute
Es ist ein kühler, nebeliger Tag.*

*Im Radio läuft ein Lied,
Das ich allzu gut kenne –
Über Ungewissheit und Liebe,
„Mit ihm in den Himmel oder die Hölle".*

*Von dem Haus in der Straße
Gegenüber mustert mich das
Steinerne Gesicht eines berühmten Mannes,
Bewacht für immer diesen Ort.*

*Ein Bus hält vor mir
Eine alte Frau steigt aus,
Sie lächelt über irgendetwas
Und macht sich auf ihren Weg die Straße hinunter.*

*Ein Pärchen kommt durch die Tür,
Lachend, Hände haltend. Ein Traum
Du würdest durch diese Tür kommen mit diesem Lächeln
Und bei mir sitzen, lachend. Ein Traum.*

Tuesday Afternoon

Sitting by the big window
Of this cozy, wee café
Watching people passing by
It's a chilly, misty day.

On the radio there's a
Song playing which I know well –
About uncertainty and love,
"With Him to heaven or hell".

From the house across the road
The stony face
Of some famous man watches me,
Forever guarding this place.

A bus stops in front of me
An older woman gets out,
She is smiling at something
And makes her way down the road.

A couple comes through the door,
Laughing, holding hands. I dream
You'd come in with that smile and
Sit with me, laughing. A dream.

Mit den Augen der Liebe – ein Poetry-Slam

Liebe.
Empfindung, Gefühl, Emotion.
Liebe.
Sie ist stark oder schwach, sie ist unendlich.
Sie ist hier und dort, sie ist allgegenwärtig.
Sie ist schmerzhaft und aufregend, die Liebe.
So viel hab' ich von ihr gelesen, gehört und die Bedeutung doch nicht verstanden. So oft hab' ich nachgedacht und bin ohne Antwort eingeschlafen. Hatte keine Ahnung, was all die Geschichten meinten.
Doch jetzt – jetzt sehe ich nichts als dein Gesicht, wenn ich die Augen schließe, höre nichts als deine Stimme, wenn ich der Stille lausche. Sehe dein Lachen in jeder Blume, jedem Stern, jedem Sonnenstrahl.
Und wenn ich am Fenster stehe und in die Ferne schaue, dann erheben wir uns auf federnen Flügeln und fliegen mit den Vögeln davon.

Du und ich.
Wenn du bei mir bist, dann verschwimmt die Welt um uns herum und es gibt nur noch dich. Deine Augen, die je nach Licht die Farbe verändern, die mich festhalten und strahlen. Dann will ich nichts, als deine Hand halten und deine Nähe spüren. Manchmal reicht es einfach, wenn du neben mir stehst und wir zusammen schweigen und ich durch den Lärm des Alltags dein Herz schlagen höre.

With the eyes of love – a Poetry-Slam

Love.
Sensation, feeling, emotion.
Love.
It is strong or weak, it is infinite.
It is here and there, it is omnipresent.
It is painful and exciting, this love.
I've read and heard so much about it and still didn't understand the meaning. I've thought about it so many times and fell asleep without an answer. I had no idea what all the stories meant.
But now - now I see nothing but your face when I close my eyes, hear nothing but your voice when I listen to the silence. See your smile in every flower, every star, every ray of sunshine.
And when I stand at the window and look into the distance, then we rise on feathery wings and fly away with the birds.

You and me.
When you are with me, the world around us blurs and there is only you. Your eyes that change color depending on the light, capture me and sparkle. Then I want nothing but to hold your hand and feel your closeness. Sometimes it's just enough for you to stand next to me and we're silent together and I can hear your heart beating through the noise of everyday life.

We both can change the world, shape it according to our ideas, a world full of colour, full of dreams, full of happiness. With you, a moment becomes eternity, the blink of an eye is infinite.
And when we stand at the window and hold on tight, then we spread our wings and fly into the distance with the birds.

Wir beide können die Welt verändern, sie nach unseren Vorstellungen gestalten, eine Welt voller Farben, voller Träume, voller Glück. Mit dir wird ein Augenblick zur Ewigkeit, ein Wimpernschlag ist unendlich.
Und wenn wir am Fenster stehen und uns festhalten, dann breiten wir die Flügel aus und fliegen mit den Vögeln in die Ferne.

Liebe.
Seit ich dich kenne weiß ich, was das Wort bedeutet.
Dass es so viel mehr ist, als bloß ein Gefühl, sondern dass es das ganze Sein ist.
Wenn ich nicht schlafen kann, will ich, dass du mich im Arm hältst, wenn ich friere, will ich deine Wärme spüren und wenn ich Angst habe, will ich, dass du meine Hand nimmst. Ich will hinabtauchen in deine stillen Wasser, will wissen, was für Gedanken durch deinen Kopf rasen, wenn du mich siehst.
Du gibst mir das Gefühl, dass ich nicht alleine bin.
Du gibst mir das Gefühl, dass wir alles schaffen können.
Du gibst mir das Gefühl, dass die Zeit stehenbleibt und dass ein einziger Moment zur Ewigkeit wird.
Und dass wir wie die Vögel die Flügel ausbreiten können und vom Wind getragen über die stillen Felder fliegen können.

Du und ich.
Ein Sommernachtstraum, ein diamantenbesetzter Himmel, ein brennender Horizont hinter'm Meer.
Wenn ich die Augen schließe, bin ich überall.

My heart is my own - Lyrik

Love.
Ever since I met you, I know what the word means. That it is so much more than just a feeling, but that it is the whole being.
When I can't sleep I want you to hold me, when I'm cold I want to feel your warmth and when I'm scared I want you to take my hand. I want to dive into your still waters, want to know what thoughts race through your head when you see me.
You make me feel like I'm not alone.
You make me feel like we can do anything.
You make me feel like time stands still and a single moment becomes eternity.
And that like the birds we can spread our wings and fly over the silent fields carried by the wind.

You and me.
A midsummer night's dream, a diamond-studded sky, a burning horizon behind the sea.
When I close my eyes, I'm everywhere.

'Cause I can be anything while I'm with you, and we can be anything while we're together, together we can be one.
I didn't know what love meant, but now I see only you in every star, in every flower, in every ray of sunshine. And when we just look together into the distance, when I feel your closeness, when we are silent together, hold hands and I hear your heart beating through the noise of everyday life. A steady rhythm that holds everything you are, holds everything I ever wanted.
When you are with me we are free like birds and fly away together into the distance.

Forever.

Denn ich kann alles sein, solange ich bei dir bin, und wir können alles sein, solange wir zusammen sind, können zusammen Eins sein.

Ich habe nicht gewusst, was Liebe bedeutet, doch jetzt sehe ich in jedem Stern nur dich, in jeder Blume, in jedem Sonnenstrahl. Und wenn wir einfach nur zusammen in die Ferne blicken, wenn ich deine Nähe spüre, wenn wir gemeinsam schweigen, uns an den Händen halten und ich durch den Lärm des Alltags dein Herz schlagen höre. Ein gleichmäßiger Rhythmus, in dem alles steckt, was du bist, in dem alles steckt, was ich mir je gewünscht habe.

Wenn du bei mir bist, dann sind wir frei wie die Vögel und fliegen zusammen fort in die Ferne.

Für immer.

My heart is my own - Lyrik

Samhainn

Samhainn ist der Gälische Name für die Nacht von Halloween, in der die Grenzen zwischen der Welt der Lebenden und der Toten überwunden werden kann.

Als die Nacht anbricht
Und das letzte Licht des Tages stirbt
Fühle ich deine tröstliche Nähe.
Ein Flüstern des Windes.

Du lebst in deiner eigenen Zeit.
Ich stamme von einem weit entfernten Ort.
Hier habe ich nichts als deine Liebe,
Sie hält meine Erinnerung am Leben.

Der neblige Schleier der Zeit
Verhüllt uns.
Eisige Winde wehen.
Das endlose Warten auf die Nacht
Wenn die Grenzen verschwimmen.
Und unsere Zeit scheint ewiglich
In der Nacht von Samhainn
Wenn unsere Liebe für immer währt.

Ich singe mein einsames Lied.
Es verschwindet in der kalten Nacht.
Ich sehe dein Gesicht in den Sternen.
Strecke meine Hand nach einem weit entfernten Licht aus.

Ich bin nur ein Geist in deiner Zeit.

Samhainn

Samhainn is the Gaelic name for the night of Halloween when the borders between the living and the dead can be broken.

When the night falls
And the last light of the day dies
I feel your closeness, a comfort.
A whisper in the wind.

You live in your own time.
I come from a far-away place.
Here I have nothing except your love,
It keeps my memory alive.

The misty shroud of time.
We´re covered.
The glacial wind blows.
This endless waiting for the night
When the veil thins.
Our time seems everlasting
In the night of Samhainn
When our love is forever.

I sing my lonely song.
It fades in the cold night.
I see your face in the stars.
Reach out my hand to a far-away light.

I´m just a ghost in this time.
Only linger for a short blink.

*Verweile nur für einen kurzen Wimpernschlag.
Eine Erinnerung, die sich im Nebel verflüchtigt.
Ein Schatten unserer Liebe.*

*Der neblige Schleier der Zeit
Verhüllt uns.
Eisige Winde wehen.
Das endlose Warten auf die Nacht
Wenn die Grenzen verschwimmen.
Und unsere Zeit scheint ewiglich
In der Nacht von Samhainn
Wenn unsere Liebe für immer währt.*

*Treibend auf einem Boot
Auf der tiefen schwarzen See.
Berühren einander für einen winzigen Moment.
Und treiben wieder fort.*

*Wie ein Schatten in der Dunkelheit
Halte ich dich in dieser einzigen Nacht.
Gebe dir alles was ich bin und habe,
Und warte für ein weiteres, schmerzhaftes Jahr.*

A memory fading in the mist.
A shade of our love.

The misty shroud of time.
We´re covered.
The glacial wind blows.
This endless waiting for the night
When the veil thins.
Our time seems everlasting
In the night of Samhainn
When our love is forever.

Drifting on a boat
On the deep black sea.
Touch each other for a single flash.
And flow away again.

Like a shadow in the dark
I hold you in this single night.
Give you all I am and have,
And wait for another painful year.

Frühling

Die Sonne scheint warm auf mein Gesicht
Auf dieser kleinen Brücke, auf der wir stehen.
Ich denke: was für ein wundervoller Ort
In dieser kleinen Stadt, die wir unser Zuhause nennen.

Der Fluss glitzert in diesem Licht,
Wellen wiegen sanft eine Ente in den Schlaf.
Ich seufze. Ich fühle solch ein Glück –
Dies sind die Erinnerungen, die man bewahrt.

Dann beugst du dich hinab und küsst mein Haar
Und du flüsterst die Worte eines Poeten:
„Meine Liebe ist wie eine rote, rote Rose"…

Die Sonne wärmt die kühle Frühlingsluft,
Von irgendwo höre ich den Gesang von Vögeln
Und am Ufer schläft – noch immer als Knospe –
                    Eine kleine, hübsche Rose.

Spring

The sun shines warmly on my face
On this wee bridge we're standing on.
I think: What a beautiful place
In this wee town that I call home.

The river sparkles in this light,
Waves friendly rock a duck to sleep.
I sigh. I'm feeling such delight –
These are the memories to keep.

Then you bend down and kiss my hair
And you whisper a poet's words:
"My luve is like a red, red rose"…

The sun warms up the cool Spring air,
From somewhere I hear singing birds
And by the bank sleeps – still a bud –
                                    A tiny, bonnie rose.

Liebesgedicht für ein Pferd

Jeder ist in Eile
Hupen, leere Gesichter, Stress
Es ist dasselbe, jeden Tag
Ich muss endlich hinaus aus diesem Chaos
Hinaus aus der Menge der Menschen
Mit ihren Sorgen und Ängsten

Und ich weiß, wo ich hin kann
Wo ich Ruhe und Frieden finde
Wo ich ohne Sorgen ich selbst sein kann
Eine Erleichterung nach dem Lärm der Stadt
Mein sicherer Hafen in dieser Welt
Ich finde ihn, wenn ich bei dir bin

Ich trete ein und du drehst deinen Kopf
Du kennst das Geräusch meiner Schritte
Und du kommst, um mir einen feuchten Kuss zu geben
Denn ohne Worte weißt du immer, was ich brauche
Du weißt es noch bevor
Ich es selbst weiß

Dann bringst du mich hinaus aus dieser Welt
Du trägst mich an Orte
An denen alle Sorgen der Welt verschwinden
Alles ist fort: Autos und leere Gesichter
Es sind nur noch du und ich übrig
Und wie ein Vogel fliegen wir

Das Geräusch, wenn deine Hufe den Boden berühren
Dein Hufschlag ist mein Herzschlag

To a horse

Everyone's in a hurry
Car horns, empty faces, stress
It's the same every single day
Finally, I have to get out of all this mess
Out of this crowd of people
Full of sorrows and worries

And I know where I can go to
Where I find repose and peace
Where I can be myself without fear
After all the noise of the city, a release
My safe haven in this world
I find it when I'm with you

I enter and you turn your head
You know the sound of my feet
And you come and give me a damp kiss
'Cause without a word you always know what I need
You know it even before
I've noticed it myself yet

Then you bring me out of this world
You carry me to places
Where all sorrows of the world are gone
Everything disappears: cars and empty faces
It's just you and me left there
And we're flying like a bird

The sound when your hooves hit the ground
Your hoofbeat is my heartbeat

Wenn wir durch die stille Nacht galoppieren
Ich brauche nichts als das Gefühl von Freiheit und Frieden
Und ich will nicht zurück
Denn unsere Seelen sind verbunden

When we gallop through the silent night
This feeling of freedom and peace is all I need
And I don't want to return
Cause your and my souls are bound

Für Mary

Ich kaufte das Buch „Mailand of Lethington and the Scotland of Mary Stuart" in einem alten Buchladen. Als ich es öffnete, fand ich eine Inschrift: „Für Mary Grant von deinem alten Freund William Mac--- Januar 1887".
Sofort fragte ich mich, wer diese beiden Menschen waren, deren Namen niemals vergessen werden, solange dieses Buch existiert. Hier ist, was ich daraus gemacht habe:

Jetzt sitze ich hier, zwischen all diesen
      Alten Büchern.
Der Staub kitzelt meine Nase, ihr Geruch
      Ist einzigartig.
Ich habe es so oft getan, ich kenne meine Art.

Dann öffnete ich diese neue Welt,
      Zwei Bände, zweihundert Jahre alt,
          Die Kriege und Fluten überlebten.
Eine Zeile sticht heraus.
„Für Mary von deinem alten Freund, William."

„Für Mary", flüstere ich.
„Für Mary."
      Nochmal.
Mary – solch ein häufiger Name.
      Tausende Marys sind dort draußen
      Aber diese eine, dieser Name, diese Mary

      Wird bleiben.
"Alter Freund William"… ich versuche diesen Namen;
Wieder:

To Mary

I bought the book 'Maitland of Lethington and the Scotland of Mary Stuart' in an old bookshop today. When I opened it I found an inscription on the first page reading 'To Mary Grant from an old friend William Mac--- January 1887'. Instantly I wondered who these two people were, whose names will never be forgotten as long as this book exists. Here is what I made of it.

Now I'm sitting here, between all these
        Old books.
The dust tickles my nose, their smell
        Is unique.
I've done it so often, I have my ways.

Then I opened this new world,
        Two volumes, two-hundred years old,
                Which survived wars and floods.
A line stands out.
"For Mary from an old friend, William."

"For Mary", I whisper.
"For Mary."
        Again.
Mary – such a common name.
        Thousands of Marys live out there
        But this one, this name, this Mary

        Will last.
"Old friend William"… I try this name
Again:

Tausende Williams sind dort draußen.
Aber wer sind diese Mary und William?
„Alter Freund"…
Freund wie
       Kollege? Wie
              Kindheit? Wie
                      Liebster?

Es ist eine Geschichte, die ich in Händen halte, gedruckt auf
       Alten Seiten Papier.
Es sind zwei Leben, die ich in Händen halte,
       Bewahrt durch gebogene Linien die
              Zwei Namen ergeben.

      Thousands of Williams are out there today.
But who are *these* Mary and Will?
"Old friend"…
Friend like
    Colleague? Like
        Childhood? Like
          Lover?

It's a tale I hold in my hands, printed on
    Old paper sheets.
It's two lives I hold in my hands,
      Preserved by curved lines that
        Form two names.

My heart is my own - Lyrik

Über menschliche Abgründe

Texte zum Thema Krieg

~

Human abysses

War-poetry

Freund oder Feind

Inspiriert von Michael Morpurgos Buch "Friend or Foe" und dem Film "Dresden"

Feuer. Blitze. Lärm und Donner.
Enge Straßen, brennend, menschenleer.
Und es scheint, als ginge die ganze Welt unter.
Tod und Hass und Schmerz –
Vollkommen wahnsinnig?

Minister, Führer spielen mit Leben.
Stellen Sodom und Gomorra nach.
Alles für Macht, Einfluss, Stolz.
Sie sehen großen Erfolg –
Es wird schrecklich enden.

Gewöhnliche Menschen ersehnen ihn.
Sie schreien nach ihrem „Totalen Krieg".
Sie sterben für ihn, es gibt keine Gnade.
Sie verstehen nicht –
Es liegt nicht in ihrer Hand.

Niemand schert sich um ein einzelnes Leben.
So viele sind verloren, Leben verschwendet.
Am Ende ist sich jeder selbst der Nächste.
Wo ist die Menschlichkeit? –
Krieg hinterlässt Selbstsucht!

Aber dann, wenn alles verloren scheint,
Was, wenn es einen Funken Hoffnung gibt?
Wenn da jemand ist, der dich versteht?
Und wenn es dein Feind ist –
Was wirst du dann tun?

Friend or Foe

Inspired by the novel "Friend or Foe" by Michael Morpurgo and the movie "Dresden"

Fire. Lightning. Noise and thunder.
Narrow streets, burning, deserted.
And it seems the whole world goes down.
Death and hate and pain –
Totally insane?

Ministers, leaders play with lives.
Re-enact Sodom and Gomorrah.
All for power, influence, pride.
They see great glory –
It'll end up gory!

Ordinary people crave it.
They're crying for their "Total War".
They'll die for it, there's no mercy.
They don't understand –
It's not in their hand!

No one cares for a single life.
So many are lost, lives wasted.
In the end one only cares for his own.
Where's humanity? –
War leaves vanity!

But then, when everything seems lost,
What if you find a glimpse of hope?
When there's one understanding you?
And if it's your foe –
Then what will you do?

Im Krieg

Inspiriert vom Roman „War Horse" von Michael Morpurgo

Hass.
Jeder Mann kennt ihn allzu gut.
Mit ihm geht es los, mit dem Abgrundtiefen.
Er bringt sie zu Taten
Die so menschenverachtend sind, wie nichts anderes.
Am Ende übermannt er sie alle, der tiefe Hass,
Bis dass nichts mehr bleibt.

Wut.
Sie schlummert in jedem Manne.
Wie tief vergraben, er kann sie nicht zügeln.
Sie weiß zu beherrschen.
Sie drängt ihn in die Enge, lässt ihn rasend werden.
Die Wut treibt ihn zur Verzweiflung, sie kennt keine Gnade,
Nicht zu verleugnen.

Furcht.
Große Männer, starke Männer.
Gezeichnet von dem Schmerz, den sie ertragen.
Sie laufen los, schreiend,
Todesverachtend stürzen sie sich ins Getümmel.
Doch im letzten Moment ist auch in ihren Gesichtern
Die Furcht zu sehen.

Stolz.
Verletzlichster Punkt des Mannes.

In the war

Inspired by Michael Morpurgo's book "War Horse"

Hate.
Every man knows him.
It starts with him, the ruthless.
He makes them do things
That seem so inhuman, like nothing else.
In the end he catches them all, the deep Hate,
Until nothing is left.

Rage
She sleeps in every man.
However deeply buried, they can't hold her back.
She knows how to rule.
She knows how to corner them, makes them furious.
The Rage knows how to drive them to desperation, she knows
No mercy. Can't be denied.

Fear.
Great men, strong men.
Marked by pain they have to bear.
They start to run, crying,
Death-defying they throw themselves into the combat.
But in the last moment she appears in their faces,
The Fear.

Pride.
Rawest point of the men.
They fight Fear, accept Death
   But they never give up their Pride.

Die Angst bekämpft er, den Tod nimmt er in Kauf.
Den Stolz gibt er nimmer.
Den Kopf hält er aufrecht im Angesicht des Feindes
Und kämpft bis zum letzten Atemzug, zeigt den
ew'gen Stolz;
Ihn hält er aufrecht.

Krieg.
Sag, wie viele große Männer,
Gute, tapf're Männer lassen ihr Leben?
Der Sinn, wo ist der Sinn?
Für ihren Herrscher, den sie nicht kennen, für ihr
Land
Geh'n sie in den Tod. Doch wer wird sich an die erinnern,
Die sinnlos starben?

They hold their heads up high when facing the enemy,
And fight until they take their last breath, always keep him,
The Pride.

War.
Say, how many men,
Good, brave men lose their lives?
The meaning, where is the meaning?
For their leader who they don't know, for their country
They meet Death. But who will remember those
Who died in vain?

Ein Traum – ein Poetry-Slam

Ich hatte einen Traum.
Wir alle hatten einen Traum.
Vor langer Zeit.
Es war ein Traum von Gleichheit, Freiheit, Liebe, Frieden! Doch was bedeuten diese Worte? Schall und Rauch. Alles und gleichzeitig nichts. Der Weg ist das Ziel. Frieden ist der Weg. Worauf warten wir noch? Gefangen in einer Welt des Überflusses und wir wissen kein Entkommen aus ihr. Liebe ist eine Empfindung, die von unserem Herzen ausgeht, die in uns schlummert und unseren Geist belebt. Liebe ist in unseren Köpfen … oder nicht?

Was ist in unseren Köpfen?
Ist da noch Platz für Liebe?
Zwischen Arbeit, Karriere, Geld, Besitz, unerfüllbaren Wünschen, Zorn, Ärger, Leere... Es gibt so viel, mit dem wir unsere Köpfe vollstopfen – Geld verdienen, gute Noten in der Schule, soziale Netzwerke.
Wer kann heute noch behaupten, er wäre nicht auf eine gewisse Weise abhängig von den Medien. Weihnachten sitzt die ganze Familie um den Weihnachtsbaum, die kleinen Kinder nerven, weil sie nur die Geschenke sehen, die Großen sitzen an ihren Smartphones, machen ein Foto von der Bescherung, um es gleich auf Facebook zu stellen und der Welt mitzuteilen, wie sehr sich das Kind über die 37. Barbie freut. Denn sie sind gute Eltern, die ihren Kindern jeden Wunsch erfüllen... außer dem nach Zeit. Zusammen spielen, lesen, basteln geht leider nicht, weil ja der Job da ist. Aber das Kind hat ei-

A Dream – a Poetry-Slam

I had a dream.
We all had a dream.
A long time ago.
It was a dream of equality, freedom, love, peace! But what do these words mean? Smoke and Mirrors. Everything and nothing. The journey is the destination. Peace is the journey. What are we waiting for? Trapped in a world of plenty and we know no escape from it. Love is a feeling that comes from our heart, that lies dormant within us and lifts our spirit. Love is on our minds... isn't it?

What's on our minds?
Is there still room for love?
Between work, career, money, possessions, unfulfillable desires, anger, resentment, emptiness... There is so much we stuff our heads with - making money, getting good grades in school, social networks.
Today, who can still claim that they are not in some way dependent on the media. At Christmas, the whole family sits around the Christmas tree, the little kids get on everyone's nerves because they only want the presents, the grown-ups sit with their smartphones, take a photo of their gifts to put it on Facebook right away and tell the world how much their child loves its new Barbie doll. Because they are good parents who fulfill their children's every wish... except for time. Playing, reading, handicrafts together is unfortunately not possible because the job is there.

But the child has a Wii and a Nintendo, tons of virtual friends - who needs that Ludo or Morris anymore?
After five minutes, the older daughter counts the likes for her pic-

ne Wii und ein Nintendo, haufenweise virtuelle Freunde – wer braucht da noch Mensch-ärgere-dich-nicht oder Mühle?
Nach fünf Minuten zählt die ältere Tochter die Likes für ihr Bild in dem neuen Pelzmantel, an dem echte Hermelin kleben. Im Post darunter hat sie übrigens geschrieben, dass sie jetzt vegetarisch lebt.
Dann werden die Kleinen ins Bett gebracht, noch ein Küsschen fürs Profilbild und dann gute Nacht.
Wahre Liebe...
Der Zauber der Weihnacht...
Friede auf Erden und den Menschen ein Wohlgefallen...

Doch auch die Kleinen fangen immer früher mit ihren Smartphones an. Wenn keiner zuhause ist, dann schafft man sich ein virtuelles Heim, mit einer virtuellen Familie, die auf Knopfdruck erscheint und immer Zeit für einen hat. Mama kann heute leider nicht mit mir lernen, aber im Internet lernt man auch alles. Es gibt so viele Seiten, die einen lehren und beeinflussen... Was da steht, wird schon so richtig sein, denn das Netz weiß schließlich alles. Das hat Papa so beigebracht. Und er macht ja auch alles am Computer. Dann kommt er an und das Kind bekommt einen besseren Rechner, damit es künftig noch schneller surfen kann. Das muss wahre Liebe sein. Oder?
Bedeutet wahre Liebe wirklich Besitz? Oder ist das nur ein Ausgleich um das Gewissen all der Eltern zu beruhigen, die keine Zeit für ihr Kind haben? Es bekommt ja ein neues Notebook, es wird ihm an nichts fehlen.
An nichts, außer einer elementaren Sache...
Liebe bedeutet Zeit...

ture in the new fur coat with real ermine stuck to it. By the way, in the post below she wrote that she is now a vegetarian. Then the little ones are put to bed, another kiss for the profile picture and then good night. True love... The magic of Christmas... Peace on earth and goodwill to men...

But even the little ones are starting to use their smartphones earlier and earlier. If no one is at home, you create a virtual home with a virtual family that appears at the touch of a button and always has time for you. Unfortunately mum can't study with me today, but one can learn everything on the internet. There are so many sides that teach and influence you... What is written there will be correct, because after all the net knows everything. That's what dad taught me. He does everything on the computer, too. Then he comes home and gets the child a better computer so that it can surf the web even faster in the future. That must be true love. Or?
Does true love really mean ownership? Or is this just compensation to ease the conscience of all those parents who don't have time for their child? It's getting a new notebook, it won't lack for anything. Nothing but one elementary thing...
Love means time...
But that is no longer available in this society. You have to function, otherwise you will be replaced and lose your job, then you will no longer earn any money and have nothing to live on.

And when you come home from work you have your child watch Something on the telly, all those little, virtual figures who are something like friends. When they then tell what they experienced back at school today, you smile and nod and your thoughts are already on dinner or on bed. So you overhear when the child suddenly talks about something that should actually alarm...
'Is it true that foreigners are taking away our jobs?

Doch die gibt es in dieser Gesellschaft nicht mehr. Man muss funktionieren, sonst wird man ersetzt und verliert seinen Job, dann verdient man kein Geld mehr und hat nichts zum Leben.

Und nach der Arbeit ist man müde, also parkt man das Kind vor der Glotze und den kleinen virtuellen Männchen, die schon so was wie Freunde sind. Wenn es dann erzählt, was es heute wieder in der Schule erlebt hat, dann lächelt man und nickt und ist in Gedanken schon beim Abendessen oder im Bett. So überhört man, wenn das Kind auf einmal von etwas erzählt, das eigentlich alarmieren müsste...
„Stimmt es, dass die Ausländer uns die Arbeitsplätze wegnehmen?"
„Mir nimmt keiner den Arbeitsplatz weg, der Job ist eh Scheiße, den will keiner! Hast du nicht heute eine Arbeit geschrieben?"
„Ja, Mathe. Und die war echt schwer und ich glaube, das eine Thema haben wir im Unterricht gar nicht gemacht..."
„Ach so, hm, passiert. Was willst du essen?"
Thema erledigt.
Aber da bleibt etwas in den Köpfen der Kinder. Und dann suchen sie sich Freunde im Internet, die auch einsam sind und die sie verstehen. Dann gelangen sie auf Seiten, die sie lieber nicht sehen sollten. Je älter sie werden, desto größer wird die Wut, dass sich niemand um sie sorgt und sie brauchen einen Verantwortlichen. Schuld an den Noten sind die Lehrer, schuld an der Einsamkeit die Mitschüler – alle gestört – und schuld an ih-

'Nobody will take my job away from me, the job sucks anyway, nobody wants it! Didn't you have an exam today?'
'Yes, math. And it was really difficult and I don't think we discussed that topic in class before...'
'Oh, hm, shit happens. What do you want to eat?'
That takes care of it.
But something stays in the minds of the children. And then they look for friends on the internet who are also lonely and who understand them. Then they get to pages they shouldn't see. The older they get, the greater the anger that nobody cares about them and they need someone to blame. The teachers are to blame for the grades, the classmates are to blame for the loneliness – they are all bastards – and the parents are to blame for their messed-up lives.
You can't graduate from high school, it's all too difficult, but studying is only for boring people. Then you can't find a job and it's the fault of the bad foreigners because they take our jobs away from us - that's what that one politician said and he yells so loudly and confidently, there must be something to it.
They see the five terrorists who have mixed in with the stream of refugees. They don't see the five thousand people who come here because they are threatened with death in their country and they just want to live in peace.
Computer games merge with reality. On the console we hunt aliens and kill monsters. That brings fame and glory! But who are the monsters in reality? Which monsters do we have to kill?
Maybe just the monster that slumbers within ourselves when we feed on hatred and thoughts of revenge?
Why should we fight with each other?
To prove our strength… to ourselves
Why do we have to stand by the side of the road and gawk when a motorcycle has collided with a truck instead of helping?
Because the worries of others distract us from our own worries.
Why do we have to laugh at other people?

rem verkorksten Leben sind die Eltern. Schulabschluss geht nicht, das ist alles zu schwer, aber Lernen ist nur was für Langweiler. Dann findet man keinen Job und schuld sind die bösen Ausländer, weil die uns die Jobs wegnehmen – das hat der von der AFD gesagt und der brüllt so laut und überzeugt, da muss ja etwas dran sein. Sie sehen die fünf Terroristen, die sich in den Flüchtlingsstrom gemischt haben. Sie sehen nicht die fünftausend Menschen, die hierher kommen, weil ihnen in ihrem Land der Tod droht, und sie einfach nur in Frieden leben wollen.

Computerspiele verfließen mit der Realität. An der Konsole jagen wir Aliens und töten Monster. Das bringt Ruhm und Ehre!
Doch wer sind die Monster in der Realität? Welche Monster müssen wir töten?
Vielleicht einfach das Monster, dass in uns selbst schlummert, wenn wir Hass und Rachegedanken haben?
Wozu sollen wir Menschen miteinander kämpfen?
Um unsere Stärke zu beweisen. Und zwar uns selbst.
Warum müssen wir gaffend am Straßenrand stehen, wenn ein Motorrad mit einem Laster kollidiert ist, anstatt zu helfen?
Weil die Sorgen anderer uns von unseren eigenen Sorgen ablenken.
Warum müssen wir über andere Leute lachen?
Weil wir Angst davor haben, sonst selbst verlacht zu werden.

Doch wohin wird all das führen?

Because we are afraid of being laughed at ourselves otherwise.

But where will all this lead?
Einstein said he didn't know what World War III was going to be fought with, but in World War IV they were going to fight with sticks and stones.
And why? Because nothing will be left.
If someone kills one, then he is killed out of revenge and someone takes revenge on the avenger – when does the chain end? Only when there is no one left. But why? Why do we have to push it to the limit?
And I think if we close our eyes for a moment and think hard, we can all think of a situation where we acted out of revenge or out of anger. But if we realize this, and then stop in the middle of our rage, pull ourselves together and smile at the other person, whatever they may have done, then that's a start. If we put our smartphones aside for an hour at Christmas, hold hands and all enjoy the scent of fir trees in the room together - then we can become humans again.

Humans with love in their hearts.
Humans who bring peace.
And I'm sure - it would make us many times happier than all the gifts that are around us...

A dream.
I had a dream.
And what will become of it?
A dream and nothing more.
An image before the inner eye, a shadow of an impossible future that vanishes with the rising sun.

Einstein sagte, er wisse nicht, womit der dritte Weltkrieg ausgetragen werden wird, aber im vierten Weltkrieg, da werden sie mit Stöcken und Steinen kämpfen.
Und warum?
Weil nichts mehr übrig bleibt.
Wenn einer einen tötet, dieser aus Rache getötet wird und sich an dem Rächer wiederum jemand rächt – wann ist die Kette zu Ende? Erst dann, wenn keiner mehr übrig ist. Aber warum? Warum müssen wir es bis ins Ärgste treiben?
Und ich glaube, wenn wir jetzt einen Moment die Augen schließen und fest nachdenken, dann fällt uns allen eine Situation ein, in der wir aus Rache oder Wut gehandelt haben.
Aber wenn wir uns das bewusst machen, und dann mitten in unserer Rage innehalten, die Mundwinkel nach oben verziehen und unser Gegenüber anlächeln, was immer er auch getan haben mag – dann ist das schon ein Anfang.
Wenn wir an Weihnachten die Smartphones für eine Stunde auf die Seite legen, uns an den Händen fassen und alle gemeinsam des Tannenduftes im Raum erfreuen – dann können wir wieder zu Menschen werden.

Menschen mit Liebe im Herzen.
Menschen, die Frieden bringen.
Und ich bin sicher – es würde uns um ein Vielfaches glücklicher machen, als alle Geschenke, die um uns herum liegen...

Ein Traum.
Ich hatte einen Traum.

My heart is my own - Lyrik

Und was wird aus ihm werden?
Ein Traum, und nichts weiter.
Ein Bild vor dem inneren Auge, ein Schatten einer unmöglichen Zukunft, der sich mit der aufgehenden Sonne verflüchtigt.

My heart is my own - Lyrik

Suche

Weiße Fahnen wehen im Wind
Neben unseren Parlamenten;
Abkommen und Übereinkünfte werden unterzeichnet,
Politiker schütteln Hände.

Sie reden über Frieden,
Versprechen Gleichheit und Gerechtigkeit,
Einen militärischen Rückgang,
Menschenrechte, Rechte für unsere Regierung.

Rivalität, Streit mit Nachbarn;
Stolz, Vergangenheit, Vorurteil.
Verschlossene Schränke voller Pistolen, Schwerter, Säbel;
Vorteile, Profit.

Und weiter rufen sie:
Peace, Frieden, Sith
Rufen:
Paix, שלום, Paz
Und immer und immer weiter...

Videospiele versprechen Ehre und Ruhm,
Kinder spielen Kampf und Krieg –
Und niemand weiß die Flamme zu kontrollieren;
Wir haben alles und wollen immer noch mehr.

Unwissenheit und Nutzen.

Junge Männer suchen ihr Schicksal –
Warten nervös;

Search

White flags are fluttering in the wind
Next to our parliaments;
Agreements and treaties are signed,
Politicians shaking hands.

They are talking about peace,
Promise justice and equality,
A military decrease,
Human rights, rights for our policy.

Rivalry, arguments with neighbours;
Pride, history, prejudice.
Locked cupboards full of guns, swords, sabres;
Advantages, benefits.

And on and on they shout:
Peace, Frieden, Síth
Calling:
Paix, שלום, Paz
And on and on it goes…

Video games promise honour and fame,
Children re-enact battles and war –
And no one can control the flame.
We get all and still want more.

Ignorance and purposes.

Ruhm bedeutet, den Feind zu besiegen.

Spiele, Geschichten, diese könnte böse enden.
Filme zeigen große Siege:
Helden, Legenden finden Liebe und Ehre –
Liebe ist widersprüchlich.

Und weiter rufen sie:
Pax, Friður, Fred
Rufen:
Mir, Ειρήνη
Und immer und immer weiter…

Die Nationalisten und ihr Stolz:
Kennen nur ihr eigenes Recht.
Brennende Häuser in der Nacht,
Explosion im Morgenlicht.

Beruhige dich, wir sind weit fort…
Plötzlich springt der Funke über –
Konsequenzen von Ungehorsam;
Keine zerbrochenen Revolver in Kleefeldern.

Keine Illusionen, wir hatten einen Traum…
Geschlossene Augen, es könnte verschwinden…
Blutrot im silbernen Licht der Sterne:
Tote Männer flüstern in dein Ohr…

Und weiter rufen sie:
Rust, Pace, мир
Calling:
Frid, Pokój, Mír
Und immer und immer weiter…

Young men searching for their destiny –
Waiting full of nervousness;
Fame means defeating the enemy.

Games, stories, this may end up gory.
Movies show great victory:
Heroes, legends find love and glory –
Love is contradictory.

And on and on they shout:
Pax, Friður, Fred
Calling:
Mir, Ειρήνη
And on and on it goes…

The nationalists and their pride:
Knowing only their own rights.
Burning houses during the night,
Explosion in morning light.

Calm down, we are far away…
Suddenly the fire took over –
Consequence of don't obey –
No broken guns in fields of clover.

No illusions, once we had a dream…
Closed eyes, it may disappear…
Blood red in the stars' silvery gleam:
Dead men whispering in your ear…

And on and on they shout:

Und weiter rufen sie:
Barış, Béke
Calling:
سلام, *Hálá*
Und immer und immer weiter…

Rust, Pace, мир
Calling:
Frid, Pokój, Mír
And on and on it goes…

And on and on they shout:
Barış, Béke
Calling.
سلام, Hálá
And on and on it goes…

Führer und Landsmann

Feuersturm.
Clash of Clans.
Ninja gegen Roboter.
Spielen, kämpfen, siegen.
Es sind nur zwei Leute wie du und ich,
Die einander nicht kennen, aber das macht nichts.
Beide streben nach Ehre und Sieg,
Es ist nichts Persönliches.

Sternzerstörer.
Krieg ist Krieg.
Mensch gegen Mensch.
Leben, kämpfen, sterben.
Zwei Krieger mit höheren Absichten,
Die einander nicht hassen, es ist nur eine Notwendigkeit.
Beide wollen nur überleben und heimkehren,
Es ist nichts Persönliches.

Leader and Kinsman

Firestorm.
Clash of Clans.
Ninja against robot.
Playing, fighting, winning.
It's just two people like you and me,
They do not know each other, but it doesn't matter.
Both long for glory and victory,
It's nothing personal.

Starfighter.
War is War.
Human against Human.
Living, fighting, dying.
It's two warriors with higher aims,
They do not hate each other, just a matter of need.
Both just want to survive and come home,
It's nothing personal.

Kriegspferde

Eine Reaktion auf die Hufeisen in der Ausstellung des Besucherzentrums in Culloden

Das rostige, zerbrochene Hufeisen
In dieser kleinen Glasvitrine,
Nicht bemerkt von den meisten –
Nur ein kurzer Blick, kaum wahrgenommen.

Welche Geschichte bewahrt es,
Welche Erinnerung hütet es,
Von dem Kampf, von der Schlacht –
Es hat sie gesehen, es war dort.

Beschuhte solch ein mächtiges Tier
Das seinen Herrn in den Krieg trug,
Treu blieb es bei ihm –
Mutig auf diesem Moor.

So oft vergessen wir jene,
Die mutig waren wie die Männer,
Aber ohne Stimme und davon zu erzählen,
Wie sie ins Getümmel rannten.

War Horses

Written as a reaction to the horseshoes in the exhibition in Culloden Battlefield Visitor Centre

That rusty, broken horseshoe
In that tiny glass vitrine,
Not noticed by so many –
Just a quick look, barely seen.

What story does it carry,
What memory does it bear,
Of the fight, of the battle –
It has seen it, it was there.

Shod such a mighty creature
That carried its man to war,
Faithfully it stayed with him –
Bravely on this bloody moor.

So often we forget them
Who were brave as any man,
But without voice to tell it
How into combat they ran.

My heart is my own - Lyrik

Über vergangene Zeiten und ein magisches Land

Texte zum Thema Schottland und schottische Geschichte

~

Forgotten times and a magical land

Scotland-poetry

Am See

Still.
Still berührt das Wasser die Felsen,
Als wollte es sie in den Schlaf wiegen.
Was haben sie gesehen –
    Die Felsen, das Wasser?
Wer ließ die Oberfläche von diesem
    Stillen Spiegel tanzen?
Wer stolperte über die Steine,
    Wer berührte ihre raue Haut?
Welches Geheimnis birgt dieser See
    Der den Aufstieg so vieler Männer sah?
Wen trugen diese Wellen
    An einen weit entfernten Ort;
Wen begruben sie in einem
    Stillen Grab?
Leben kommen und Leben vergehen
    Und wir sind nichts für
        Jene, die die Ewigkeit überdauern.

Ich frage mich:
In vielen Jahrhunderten – wird es ein Mädchen geben,
    Das an diesem Ort sitzt und sich diese Tage
        Vorstellt, die lange vergangen sein werden;
        Verloren in der Zeit.

By the Loch

Silent.
Silently tips the water over the rocks,
As if it wanted to rock them to sleep.
What have they seen –
    The rocks, the water?
Who's made the surface dance
    Of this silent mirror?
Who's stumbled over the rocks,
    Who's touched their rough skin?
What secrets lie in the loch
    That's seen the rise of men?
Who did these waves carry
    To a far-away place;
Who did they bury in a
    Silent grave?
Lives come and lives pass
    And we are nothing for
        Those who linger for eternity.

I wonder:
In centuries – will there be a girl
    Sitting in this place and wondering
        About these days that will long
            Have passed; lost in time.

Marsch nach Nairn

Über den misslungenen Nachtangriff der Jakobiterarmee am 15. April 1746.

Donner grollt und Blitze zucken;
Der Wind heult gespenstisch; Wasser
Platscht unter abgetragenen Stiefeln.
Sie marschieren mutig, furchtlos
In ihren wollenen Highland-Kleidern –
Marschieren auf ein Feld des Gemetzels.

Das Rotrock Lager ist nah:
Durch den Wald und den Hügel hinab –
Erreicht sie, ehe die Sonne aufgeht!
Nichts hält diese stolzen, tapferen Männer auf
Und wenn sie das Lager erreichen,
In dem die Rotröcke im Schlafe liegen,
Wird Tod die Unwissenden umfangen.

Oh Charlies, wer beriet dich? –
Dies wird das Ende des hübschen Prinzen!
Wie die Pfade des Moors von Schlamm sind,
so ist der deine einer von Blut.
Oh Charlie, Prinz, weißt du denn nicht:
*   Du sandtest deine Männer in ihren Tod…*

March to Nairn

About the failed night attack of the Jacobites on 15th April 1746.

Thunder rolls and lightning flashes;
The wind howls ghostly; Water
Under worn-out boots does splash.
They're marching bravely, fearless
In their woollen Highland-dress –
Marching to a field of slaughter.

The red-coats' camp is so close:
Through the woods and down the hill –
Reach them before sun will rise!
Nothing stops these proud, brave men
And when they reach the camp then
Where red-coats lie in their sleep still:
Death'll embrace the unwitting.

Oh Charlie, who advised you? –
This'll be the Bonnie's end now!
As the moor's paths are muddy
So is your path bloody.
Oh Charlie, prince, don't you know:
        You sent your men to their death…

Auf dem Moor

Gemeint ist Culloden Moor

„Tod", flüstert der Ginster;
„Tod", heult der Wind;
„Tod", bedeutet die Stille
Dieses dunklen Moors.

Sie kamen für Freiheit;
Sie kämpften für Stolz;
Aber sie verloren ihre Leben
In tödlicher Nacht.

Niesel verbirgt
Feuchte Augen der Frauen,
Wo ihr Gatte, Sohn,
Bruder bleicht liegt.

Schnee begräbt die Toten,
Hinterlässt nichts, bald
Werden sie vergessen sein:
Gesichter und Namen…
Und nur ihr Traum
Wird weiterleben.

On the moor

Meant is Culloden Moor

'Death' the gorse whispers;
'Death' the wind howls;
'Death' means the silence
Of these dark moors.

They came for freedom;
They fought for pride;
But they lost their lives
In deadly night.

Drizzle's disguising
Women's wet eyes,
Where their husband, son,
Brother pale lies.

Snow buries the dead,
Leaves nothing, soon
They'll be forgotten:
Faces and names…
And only their dream
Will still live on.

Cullodens Geister

Die untergehende Sonne entzündet die Gipfel der Berge
Weit in der Ferne. Die See
Ist ein goldener Spiegel der Gerstenfelder –
Es scheint alles so friedlich.
Die graue Silhouette der Black Isle. Das tote
Grün, auf dem Kühe friedvoll grasen.

Der Wind spielt mit meinem langen, offenen Haar, hebt es an,
Weht es mir ins Gesicht. Es ist kalt.
Nichts ist zu hören außer dem Flüstern, das eine
Alte Geschichte voll Tod erzählt.
Eine Geschichte, die niemals vergessen wird –
Generationen haben sie weitererzählt.

Es ist eine Geschichte von mutigen Männern, die herkamen,
Um für ihren Glauben, ihren König, ihre Unabhängigkeit
Zu kämpfen; aber an diesem schicksalhaften Tag
Kam der Tod auf gefiederten schwarzen Flügeln
Und stahl ihre Leben hinfort; und nichts bleibt von jenen
    Außer diesem alten traurigen Lied.

Culloden's ghosts

The setting sun enflames the tops of the hills
Far in the distance. The sea
Is a golden mirror of the barley fields –
So peaceful it seems to me.
The grey silhouette of the Black Isle. The dead
Green where cows graze peacefully.

The wind plays with my long loose hair, lifts it up,
Blows it in my face. It's cold.
Nothing is to hear but its whisper, telling
This deadly story of old
Times. A story never to be forgotten –
Generations have been told.

It's the story of brave men who came here to
Fight for their belief, their king,
Their independence. but on this fateful day
Death came on feathered black wings
And stole their lives away, and nothing's left of them
      But this old sad song to sing.

Die Dame des Jakobiters

Fort.
Fortgeweht.
Wie Asche im Wind.

Stille
Wo Schreie
Mutiger Männer erstarben.

Regen
Umhüllt die Toten
Die ruhelos auf diesem Moor liegen.

Blut
Bedeckt mein Tuch,
Das ich ihm als Talisman gab.

Tränen
Fließen nicht länger
Für ihn oder seine namenlosen Begleiter.

Und
Frieden
Legt sich über das Grab
Wo in hundert Jahren Männer
Über seinen Gebeinen stehen werden
Ohne es zu wissen.

The Jacobite's Lady

Gone.
Blown away
Like dust in the wind.

Silence
Where roars
Of brave men faded away.

Rain
Conceals the dead
Who lie restless on this moor.

Blood
Covers my kerchief
That I had given him for luck.

Tears
Flow no more
For him or his nameless companions.

And
Peace
Sets over this grave
Where men in hundreds of years
Will stand upon his bones
But will not even know.

Die Burg

Du bist alt.
So alt, dass ich es mir nicht vorstellen kann.
Menschen schufen dich,
Schwitzten und bluteten,
Um dich zum Leben zu erwecken.

Deine kalten Knochen
Haben so viele Leben
Kommen und gehen gesehen.
Du sahst die Jahreszeiten
So viele Male wechseln.

Blutete dir das Herz
Als Blut dein
Graues Kleid besudelte,
Mit dir als einziger Zeugin
In der Dunkelheit der Nacht?

Lächeltest du,
Als heimliche Liebende
Sich in den Falten deines Umhangs verbargen
Und süße Worte flüsterten,
Die nur für Menschen von Bedeutung sind?

Du alterst
Und versuchst nicht, es zu verbergen.
Du zeigst deine Weisheit und Narben
Mit Stolz, während du verweilst
Und wir vergehen.

The Castle

Yer old.
So old I cannae even imagine.
Men have created ye,
Were sweatin' and bleedin'
To make ye come alive.

Yer cauld bones
Have seen so many lives
Come an' fade.
Ye've seen the seasons
Change, so many times.

Did yer heart bleed
When blood spilt on yer
Grey dress an' cloak
With ye as only silent witness
In the black of night?

Did ye smile
When secret lovers
Hid in yer cloak's folds
And whispered sweet words
That only matter for human beings?

Ye're aging
And try not to disguise it.
Ye show yer wisdom and scars
With pride as ye linger
While we fade awa'.

An eine Musketenkugel

Da liegst du
Hinter einer Wand aus Glas
Angestarrt von hunderten unwissenden Augen.

Hörst du ihn noch
Schreien bei deiner Berührung,
Wenn er fällt, wenn er blutet, wenn er stirbt?

Du bist alt,
Du bist vernarbt, du bist verformt,
Du erzählst deine Geschichte auf deine eigene Art.

In deinen Träumen
Erinnerst du dich
Wie der Regen an jenem Tag auf dich herabfiel?

Wir sehen dich
Aber wir wissen nichts:
Konnotieren dich mit Worten: Tod, Trauer, Grauen.

Du stahlst ihn
Von seiner Frau, von seinen Freunden,
  Aber du bist noch hier, um seine Geschichte zu erzählen.

To a musketball

There ye lie
Behind a wall of glass
Stared at by hundreds unknowin' eyes.

Dae ye still
Hear him scream at yer touch
When he falls, when he bleeds, when he dies?

Ye are old,
Yer scarred, ye're deformed,
Ye tell yer story in yer own way.

In yer dreams
Do ye still remember
How the rain poured doon on ye that day?

We see ye
But we dinnae ken naethin';
Pin to ye some words: death, grief, gory.

Ye stole 'im
From his wife, from his friends,
But ye're still here to tell his story.

Liebesgedicht für Schottland

Ich trete hinaus an diesem nebligen Morgen,
Die Luft ist klar und kühl und frisch,
Des Flusses Rauschen ist alles, was ich höre
In der friedlichen Stille dieses Landes.

Ein Rabe poliert sein schwarzes Kleid,
Ein anderer spielt in einer Pfütze.
Die eisige Luft lässt mich zittern –
Aber mir macht diese herbstliche Kälte nichts.

Neblige Schleier liegen über dem Land
Und verhüllen die Berge in der Ferne,
Silhouetten zeugen von ihrer Existenz,
Sie ragen leicht hinter den weißen Wolken auf.

Eine warme Herbstsonne erwacht aus ihrem Schlaf
Und sendet vorsichtig ihr Licht auf die Erde,
Scheint auf den Fluss, den See, die Furt
Und sie schickt die Wolken des Morgens zur Ruhe.

Was ein Land ist dies, mit seinen Farben,
Mit seiner rauen Schönheit, seiner Brise, seinem Glühen,
Wo wilde Rehe spielen und Disteln blühen –
Dies ist mein Leben: dies ist Zuhause!

Love Poem for Scotland

I stepped outside this misty morning,
The air was so fresh and cool and clear,
The river's lapping all I could hear
In the peaceful silence of this land.

A raven, polishing his black dress,
Another's paddling in the river.
The icy air's making me quiver –
But they don't mind this cold of autumn.

Misty shores still lie over the land
And disguise the hills in the distance,
Silhouettes tell of their existence
That loom gently behind the white clouds.

A warm autumn sun awakes from sleep
And carefully sends her light to earth,
Shines on the river, the loch, the firth
And she sends the morning's clouds to bed.

What a land is this, with its colours,
With its rough beauty, its breeze, its gloom,
Where the wild deer play and thistles bloom –
This is my way of life: this is home!

Fremdes Schottland

Die Gedanken von Königin Maria Stuart zu ihrer Rückkehr aus Frankreich nach Schottland 1561

*Oh, mein Land, wie fremd du scheinst
Zu mir, deiner Königin vor Gottes Gnaden.
Ich war zu lange fort
Um deine Art zu kennen.*

*Ich kenne nicht deine Gesichter,
Oder das Singen deiner Ströme,
Weiß nicht, wovon dein Volk
Im Geheimen träumt.*

*Was ist der Rhythmus deines Herzens,
Wofür schlägt es heute?
Meine Erinnerungen an dich
Verblassen.*

*Raues Land: Schluchten, Seen und Klippen;
Süßes Land: Flüsse, Felder und Hügel.
Wie deine plötzliche Nähe
Verwirrt und reizt.*

*Du bist mein Land, ich deine Königin –
Gott gab uns einander.
Aber ich kenne dich nicht,
Schottland, Mutter.*

Stranger Scotland

The thoughts of Mary Queen of Scots on her return to Scotland from France 1561

Oh, my land, how strange ye seem
To me, yer Queen of God's grace.
I've been awa' too long
To ken yer ways.

I dinna ken yer faces,
Nor the singing of yer streams,
Dinna ken what yer folk
Secretly dreams.

What is yer heartbeats rhythm,
What does it beat for today?
My mem'ries of ye are
Fading away.

Rough land: gorges, lochs and cliffs;
Sweet land: rivers, fields and hills.
How yer sudden closeness
Flusters and thrills.

Ye are my land, I'm yer Queen –
God's given us each other.
But I dinna ken ye,
Scotland, mother.

Lebt wohl, Highlands

Lebt wohl, Highlands,
Leb wohl, meine Heimat,
Leb wohl, wunderschönes Land,
Ich hoffe, wir sehen uns wieder!

Leb wohl, See,
Wie flüssiges Silber im Mondlicht;
Leb wohl, Rauschen,
In der stillen Nacht.

Leb wohl, raue Schönheit,
Lebt wohl, sanfte Hügel;
Lebt wohl, ihr Ruinen,
Brochs und alte Mühlen.

Lebt wohl, meine Freunde:
Ihr seid alle Teil meines Herzens,
Und der Abschied
Tut immer so weh.

Lebt wohl, neblige Strände,
Leb wohl, sanfte Brise:
Ihr alle winkt still „Leb wohl"
Zu dem, der geht.

Und wenn der Winter vorbei ist:
Die Vögel werden wieder singen
Und ich mit ihnen,
Wenn ich diese Straßen wieder fahre.

Farewell to the Highlands

Farewell to ye, Highlands,
Farewell to ye, home,
Farewell, lovely country,
Hope to see you soon!

Farewell to ye, sea,
Like liquid silver in the moonlight;
Farewell to yer rush
In the silent night.

Farewell ye, rough beauty,
Farewell, rolling hills;
Farewell, castle ruins,
Brochs and old mills.

Farewell ye, my friends:
Ye're all part of my heart,
And bidding farewell
Is always so hard.

Farewell, misty shores,
Farewell, lonely breeze;
Ye all wave still goodbye
To someone who leaves.

And when winter's over:
The birds are singing then
And I will sing with them
When I drive these roads again.

Klagelied der Elizabeth Campbell

Ich schrieb dies als Reaktion auf die Geschichte von Alexander MacGillivray und Elizabeth Campbell. Der gutaussehende, rothaarige Alexander, Chief der MacGillivrays of Dunmaglass, starb in der Schlacht von Culloden. Seine Verlobte Elizabeth lebte lange genug, um seinen Leichnam aus einem der Massengräber herauszuholen und ihn auf dem Friedhof in Petty bestatten zu lassen; dann starb sie an einem gebrochenen Herzen. Ihre Gebeine liegen 8 Meilen von ihm entfernt in der St Beverans Kapelle im Foxmoss Wood nahe Cawdor.

Dort liegst du:
Begraben in der dunklen, feuchten Erde.
Deine bleichen Knochen –
Mein Chief, Krieger, mein Herz.

Hier liege ich:
Hinter steinernen Kapellenwänden.
Warum, oh, ruhen
Unsere Körper getrennt?

Als du starbst
Auf jenem blutigen Moor des Todes –
Dein Leben verlorst,
Kämpfend für Freiheit und Stolz:

Starb auch ich,
Denn mein liebendes Herz zersprang.
Nichts konnte
Mich vor dieser dunkelsten Nacht retten.

Lament of Elizabeth Campbell

I wrote this as a reaction to the story of Alexander MacGillivray and Elizabeth Campbell. Handsome redheaded Alexander, Chief of the MacGillivrays of Dunmaglass, died at Culloden after having killed 15 British soldiers. Elizabeth, his fiancé, only lived long enough to have his body removed from the mass grave in which he'd been thrown and ensure a proper burial of his body beside the old doorway at Petty church; then she died of a broken heart. However, she was not buried beside him but about 8 miles from him at St Beveran's Church in Foxmoss Wood near Cawdor.

There ye lie:
Buried in the dark, damp soil.
Yer pale bones –
My chieftain, warrior, my heart.

Here I lie:
Behind stony chapel walls.
Why, oh, do
Our bodies sleep apart?

When ye died
On that bloody moor of death –
Lost yer life
Fighting for freedom and pride:

I died too
For my loving heart shattered.
Nothing could
Save me from this darkest night.

Wir sind beide fort:
Nur Schatten der Vergangenheit.
Was sind wir?
Tote Körper, irgendwo begraben –

Finde meine Seele!
Komm, Liebster, und befreie mich,
Lass unsere Seelen
In die kühle Nachtluft entfliehen!

We're both gone:
Only shadows of the past.
What are we?
Dead bodies buried somewhere –

Find my soul!
Come, my love, and set me free,
Let our souls
Escape into cool night air!

Letzte Tage in Fotheringhay

Die Gedanken von Mary Seton nach der Hinrichtung ihrer Herrin Maria Stuart

So oft sah sie aus diesen Mauern hinaus,
Sah den Fluss daherfließen, die Wolken vorbeiziehen.
Wanderte durch all diese dunklen, einsamen Hallen,
Und die Dunkelheit verschluckte ihr unerhörtes Seufzen.

Bald wird ihr Schmerz enden und ihr Geist wird
An einen besseren Ort reisen.
Durch diese Fenster brechen und über den Hügel,
Wo sie ihren Frieden und ihre Erlösung finden wird.

Sie mögen das Leuchten aus ihren Augen genommen haben,
Sie mögen ihrem Herzen die Hoffnung genommen haben,
Sie mögen ihren letzten Ruf erstickt haben,
Aber sie können ihr nie ihren Glauben nehmen.

Meine Tränen flossen, ich flehte sie an, nicht zu gehen.
Sie nahm meine kalten Hände und hielt sie in ihren,
Erinnerte mich an einen Tag vor vielen Jahren
Und einen geheimen Ort, verborgen im dichten Ginster.

Heute siehst du nur noch dieses friedliche Land,
Das das ehemalige Gefängnis einer großen Königin umgibt.
Aber ihr Glaube, Vertrauen haben die Fesseln gelöst
Und ihre Seele in den Himmel entlassen.

Last days at Fotheringhay

The thoughts of Mary Seton after the execution of her mistress Mary Queen of Scots

So often she has watched outside these walls,
Saw the river flow, the clouds passing by.
Has wandered through all these lonely, dark halls
And the darkness swallowed her unheard sigh.

Soon her pain will end and her spirit will
Arise to a far better place than this.
Break through the windows and over the hill,
Where she'll find her peace, where she'll find her bliss.

They may have taken the glow in her eyes,
They may have taken the hope from her heart,
They may have suffocated her last cry,
But they may never keep her faith apart.

My tears flew down, I begged her not to go.
She took my cold hands and held them in hers,
Reminded me of a day years ago
And a secret place hidden in thick furze.

Today ye only see those peaceful lands
That surround a great queen's former prison.
But her belief, trust have broken the bands
And to heaven her freed soul has risen.

*Ich lief am Fluss entlang
An diesem nebligen Morgen;
Die kühle Luft ließ mich zittern
Und ich vergaß alle Sorgen.*

I walked along the river
On this misty morrow;
The cool air made me quiver
And I forgot 'bout every sorrow.

Die Dame des Jakobiters II

Tod.
Der beißende Geruch von Tod
Liegt über dem Moor.

Körper.
So viele tote Männer
Bedecken dieses schwarze Moor.

Blut.
Die Heide leuchtet rot
Wo mein bleicher Geliebter liegt.

Tränen.
Salzige Flüsse fließen
Aus meinen brennenden Augen.

Fort.
Du, mein Liebster, deine Freunde –
All diese vergeudeten Leben.

Verloren.
Dein Traum von Freiheit
Stirbt mit euch allen.

The Jacobite's Lady II

Death.
The foul smell of death
Lies over the moor.

Bodies.
So many dead men
Cover this black moor.

Blood.
The heather shines red
Where my pale love lies.

Tears.
Salty streams run down
From my burning eyes.

Gone.
You, my love, your friends –
All these wasted lives.

Lost.
Your dream of freedom
With all of you dies.

Die Ballade von dem Kelpie

Ich war ein Kind, jung und unwissend und unschuldig.
Meine Mutter erzählte mir am Abend am Kaminfeuer
Die Mythen und Legenden alter Zeiten,
Aber ich wusste nicht, was sie bedeuteten.

Der helle Mond, wie eine leuchtende Lichtkugel am Himmel,
Die Luft war kalt und klar in dieser Nacht, eine einsame Eule
Saß in den knochigen Ästen einer alten Eiche
Und ich wanderte durch die Kornfelder.

Ich kam an ein Wasser, einen schwarzen See, wie ein Auge dieses Landes.
Du konntest den Grund nicht sehen, und es gab keine Wellen.
Es war gespenstisch still.
Ein einziger Stern als Fackel.

Ich kniete nieder am Ufer, streckte meine kurzen Arme aus.
Ich berührte die Oberfläche und plötzlich begann sie
Sich zu kräuseln und etwas bewegte sich in der Tiefe.
Ich war weit fort von unserer Farm.

Heraus kam ein wunderschönes weißes Pferd mit feuchten Hufen;
Aus seiner Mähne und dem Schweif rannen Wassertropfen wie Perlen,
Leuchtendes Silber im Mondlicht. Wie könnte
Solch eine Erscheinung trügen?

Habe stets etwas aus Eisen in der Tasche, sagten sie mir.
Aber ich konnte nichts tun außer zu bleiben und dieses

The Ballad oft the Kelpie

I was a child, young and unaware and innocent.
My Mum told me in the evenings by the chimney
Fire the myths and legends of old times,
But I didn't know what they meant.

The bright moon was like a shining ball of light in the sky,
The air was cold and clear this night, a lonely owl was
Sitting in an old oak`s bony branches
And I wandered through fields of rye.

I came across water, a black loch, eye of this land.
You couldn't see the ground, nor could you see any waves.
It was scary quiet, ghostly silent.
A single star: a firebrand.

I knelt down by the bank and stretched out my little arms.
I touched the surface and suddenly it started to
Ripple and something moved in the deepness.
I was far away from our farm.

Out came a beautiful white horse with giant wet hooves;
Out of its mane and tail ran water drops like pearls,
Shining silver in the moonlight. How can
Such lovely appearance deceive?

Always keep a piece of iron with ye, they told me.

*Wunderschöne Geschöpf anzusehen, das gerade erst
Dem See entstiegen war.*

*Die Menschen fürchten sie, erzählen Legenden davon
Wie sie Kinder in ihren Palast hinabzogen,
In die dunkle Tiefe des Sees, sodass man sie niemals wieder sah.
Ich wollte, aber konnte nicht schreien.*

*Das Pferd wandte seinen Kopf und ich sah in seine schwarzen
Augen.
Ich sah keine Bosheit oder Mordlust;
Da war eine tiefe Stille und Traurigkeit
Und ich sah, dass es alt und weise war.*

*Da war eine Wildheit, die nicht herausbrach und sein Blick
Traf meinen, als ich begann, das Wesen zu verstehen.*
Heute sieht man uns als das Böse und bald werden wir
Ein Schatten in der vergehenden Nacht sein.

*Einmal mehr streckte ich die Hand nach seinem weichen Fell
aus.
Es war kalt und feucht und wie nichts anderes,
Das ich je zuvor berührt hatte in meinem kurzen Leben.
Unter meiner Hand begann es zu verblassen.*

*Das Pferd verschwand in dem dunklen Loch, aus dem es
gekommen war.
Ich stand da im fahlen Licht, erfüllt von einer
Furchtbaren Traurigkeit, dass diese wunderschönen Wesen
Nur noch eine Erinnerung in einem Lied sein würden.*

But I couldn't do anything but stay put and stare
At this wonderful creature that had just
Come out of the loch, broken free.

The people were afraid of them, told legends about
Them abducting children to take them to their palace
In the dark depth of the loch, ne'er to find.
I wanted, but I couldn't shout.

The horse turned its head and I glanced into its black
eyes.
I didn't see any malice, nor a lust to kill;
There was just a deep silence and sadness
And I saw it was old and wise.

There was a wildness that couldn't break free and its
sight
Met mine when I started to understand this creature.
Now we`re known as evil and soon we`ll be
A shadow in the fading night.

Once again I stretched out my hand to touch the
smooth fur.
It was cold and wet and like nothing I had ever
Touched before in my entire short life.
In my hand it started to blur.

The horse disappeared in the dark hole it had come
from.
I stood there in the gloom, filled up with a terrible
Sadness because these wonderful creatures
Would just be a song to be hum.

Heute bin ich eine alte Frau, gezeichnet von den Narben des Lebens.
Meine Enkel spielen im Garten neben unserer Farm.
Aber all die Zeit bewahrte ich diese Nacht des Kelpies
Unter dem Sternenhimmel in meinem Herzen.

Today I am an old woman, lined with a life`s scars.
My grandchildren play in the garden next to our farm.
But all the time I kept in my heart
This Kelpie`s night underneath the stars.

Ritt über das Schlachtfeld

Geschrieben nach einem Ausritt über Culloden Battlefield

Der kalte Wind zerzaust mein Haar
Als ich mich auf den bloßen Rücken
Meines treuen Schimmels schwinge.
Als ich ihn auf den
Pfad dieses alten Moors lenke
Höre ich sein aufgeregtes Wiehern.

Der eisige Regen
Wie kleine Nadeln
Lässt meine Haut prickeln.

Das Moor ist alt.
Das Moor ist grausam.
Es ist wunderschön.

Wir kommen am sprudelnden Wasser
An der Quelle der Toten vorbei,
Wo der geliebte Chief der MacGillivrays
Einst für ewige Ruhe
Seinen Kopf bettete.
Mein Schimmel bleibt kurz stehen
Wie um seinen Respekt zu zollen.

Der Regen nimmt zu,
Aber meinem Schimmel macht er nichts,
Er kennt seinen Weg.

Dann kommen wir an der Reihe mit Steinen vorbei,

Riding the Battlefield

Written after a ride over Culloden battlefield with Highland Pony Glen

The cold wind blows my hair
As I mount the bare back
Of my ever faithful grey.
As I lead him onto
The path of this old moor
I hear his excited neigh.

The icy rain
Like little needles
Makes my skin prickle.

This moor is ancient.
This moor is gruesome.
Yet it's beautiful.

We pass the swelling water
Here by the Well of the Dead
Where MacGillivray's dear chief
Once for his eternal rest
Placed his head.
My grey stops briefly
As to pay his last respects.

The rain gets harder
But my grey doesn't mind,
Faithfully he knows his way.

*Namen für immer bewahrt
In ihrer festen, felsigen Haut.*

*Und hier unter den Hufen meines Schimmels
Ruhen die bleichen und kalten Knochen
Der ehemaligen Träger dieser Namen.*

*Mein Schimmel wendet sich
Zu dem stillen Clan Donald Pfad
Durch Ginster und Heide.*

*Ein Stein markiert jetzt die Stelle,
An der der mutige Chief Donald fiel
Und wo seine Clansmänner
Einst ein blutiges Schicksal erlitten.
Ein einsamer MacDonald Dudelsackspieler
Spielt für seine lang verlorene Sippe;
Ich hebe meine Hand zum Gruß
Und in Anerkennung für
Das Blut und die Taten seiner Vorfahren.*

*Weil die Hufe meines Schimmels sich
Auf Pfaden bewegen, die heim führen,
Bleibt ein pfeifender Wind,
Um all die verlorenen Seelen zu betrauern.*

Then we pass the line of stones,
Names are forever engraved
In their solid, rocky skins.

And here under my grey's hooves
Rest these names' former bearers'
Pale and cold and buried bones.

My grey turns onto
The silent Clan Donald path
Through withered gorse and heather.

A rock now marks the spot
Where brave chief Donald fell
And where his fellow clansmen
Once met their bloody fate.
A lone MacDonald piper
Plays for his long lost kin;
I raise my hand in greet
And recognition for his
Ancestors' blood and deeds.

While my grey's feet
turn
To the path that leads
us home
Whist'ling wind remains
For all these lost souls
to moan.

Moor des Nebels

Oh Moor des Nebels
Enthülle
Die Gesichter deiner Vergangenheit…

Dein grauer Schleier verbirgt
Ihre kalten, dunklen Gräber;
Jedes Gesicht nun vergessen,
Nur Sklaven der Geschichtsbücher.

Oh Moor des Blutes
Enthülle
Die verlorenen Namen deiner Vergangenheit…

Der Wind singt traurig
Die Lieder der Trauer;
Ruft Namen in die Nacht
Bis zum Morgengrauen.

Oh Moor des Schmerzes
Enthülle
Die mutigen Taten deiner Vergangenheit…

Erinnere an mutige Männer,
Die verdammt waren zu sterben,
Die auf deine Erde fielen,
Ohne Lebewohl zu sagen.

Moor of Mist

Oh moor of mist
Reveal to me
The faces of your past…

Your grey veil conceals
Their cold and dark graves;
Each face now forgotten,
Just hist'ry books' slaves.

Oh moor of blood
Reveal to me
The lost names of your past…

The wind sings sadly
The songs of mourning;
Calls names in the night
Until the morning.

Oh moor of grief
Reveal to me
The brave deeds of your past…

Remember brave men
Who were doomed to die,
Who fell on your soil
Ne'er bidding Goodbye.

Das rote Moor

Eine rote Sonne geht auf
Zwischen den Spitzen der Berge,
Entzündet langsam
Die noch dunklen, schläfrigen Täler.

Der Himmel scheint zu brennen
Über diesem alten, friedlichen Moor,
Das einst trauerte und blutete
Von dem Schmerz und dem Leid, das es hervorbrachte.

Die Heide färbt sich rot
Aber nicht mehr länger von Blut –
Sie hat diesen Mantel des Todes abgelegt,
Den Menschen ihr umgelegt hatten.

Mein Pferd trägt mich treu
Über diese Pfade
Wo andere Pferde
Einst in die Schlacht zogen.

Ein Reh und ein Hase
Kreuzen unseren Weg, schnell und scheu.
Und während ich lausche
Höre ich das Stöhnen toter Männer
In den kalten Winterwinden.

The Red Moor

A red sun rises
Between the tips of the *Beinns*,
Slowly sets fire
To the still dark, sleepy *glens*.

The sky seems to burn
Above this old, peaceful moor
That once grieved and bled
From pain and sorrow it bore.

The heather turns red
But not from blood anymore –
It took off this cloak
Of death which men made it wear.

My horse carries me
Faithfully over these paths
Where other horses
Once into men's battle marched.

A deer and a hare
Cross our way, quick and shy.
And when I listen
Closely I hear dead men's sighs
In the cold wintery winds.

Ein stilles Leichentuch

*Ich höre den Wind
Sein klagendes Seufzen;
Die Sonne geht unter
Über dem Feld
Der Trauer und des Todes.
Ich schließe die Augen
Aber sehe es noch immer –
Rot gemalte Heide.*

*Lange sind sie verstummt,
Die Schreie des Schmerzes,
Es erstarb,
Das Flehen um Hilfe.
Nun liegt Stille
Über dem was bleibt
Von dem Traum mutiger Männer,
Der mit ihnen stirbt.*

*Erste Schneeflocken fallen,
Wie um zu verbergen,
Was Menschen hier taten,
Mit einem weißen Leichentuch.
Es versteckt und hilft
Mir das Gefühl zu geben
Dass Frieden einkehrt
Der die Schreie auswischt.*

A silent shroud

I hear the winds
Their mournful sighs;
The sun goes down
Over this field
Of grief and death.
I close my eyes
But see it still –
Red-painted heath.

Long have they ceased
The cries of pain,
They have faded
The pleas for help.
Now silence lies
On what remains
Of brave men's dream
That with them dies.

First snowflakes fall
As to conceal
This human deed
With a white shroud.
It hides and helps
For me to feel
How peace returns
That wipes out those yelps.

Mr Boots

Inspiriert von einem Ausflug in die Katakomben unter Edinburgh und die Geschichten über einen Geist namens Mr Boots. Mr Boots soll ein böser Geist sein; der Geist eines Mörders, der nun versucht, die Menschen von der Ecke fernzuhalten, in die er den Körper jener Frau schleifte, die er tötete; er flüstert VERSCHWINDE. Aber was, wenn er nicht böse ist und seine Geschichte eine andere ist? Was, wenn VERSCHWINDE keine Drohung ist, sondern eine Warnung?...

Ich hör ein Kratzen, ich hör ein Flüstern
In dem stockdunklen Korridor;
Ich hör ein Schluchzen, ich hör ein Klagen –
Ein Schatten vergangener Tage.

Menschen gaben ihm so viele Namen –
Grausige Namen, schaurige Namen;
Doch wer weiß, wer er wirklich ist, dieser Mann,
Der in der Dunkelheit dort unten lebt,
Immer einsam, immer klagend
Mit seinem dunklen, leeren Blick?

Tief unter dem Leben der Stadt,
Dem Gelächter, des Vergnügens –
Da ist ein Mann allein in der Dunkelheit:
Unbemerkt von den Massen über ihm
Lebt, einsam, der arme alte Edward Boots
Und betrauert seine verlorene Liebe.

Ich hör ein Kratzen, ich hör ein Flüstern
In dem stockdunklen Korridor;

Mr Boots

Inspired by a visit to the Edinburgh vaults and the stories about a ghost called Mr Boots. Mr Boots is known to be an evil spirit; the ghost of a man who once murdered a woman is now trying to keep people out of the corner in which he had put her body in the "White Room of the Vaults"; he keeps whispering to people GET OUT. But what if he is not evil and his story was a bit different? What if GET OUT is not a threat but a warning?...

I hear a scratching, I hear a whisper
Down in the pitch-black corridor;
I hear a sobbing, I hear a moaning -
A shadow of the days of yore.

People have given him so many names –
Ghostly names, gruesome names;
But who knows who he really is, this man
Who lives in the darkness down there,
Always lonely, always moaning
With his dark, empty glare?

Down under the city of daily life,
Of laughter, of gai'ty –
There is a man alone in the darkness;
Unnoticed by the crowds above
Lives lonely, poor old Edward Boots
And moans his long lost love.

I hear a scratching, I hear a whisper
Down in the pitch-black corridor;

Ich hör ein Schluchzen, ich hör ein Klagen –
Ein Schatten vergangener Tage.

Sie nennen ihn den bösen Geist der Katakomben,
Den Geist eines Mörders,
Der verdammt ist, für alle Ewigkeit diesen Ort heimzusuchen.
Sie hörten die Geschichten eines Mädchens,
Stellen sich ihren toten Körper vor,
Meinen, sie schreien zu hören.

Sie sagen, er tötete sie unten in der Dunkelheit,
Halten ihn für einen bösen Geist:
Menschen kommen hinab in diese Katakomben.
Sie hören ihn flüstern, fühlen seinen Atem
Wenn er ihnen sagt, dass sie verschwinden sollen –
Er scheint der Tod zu sein.

Ich hör ein Kratzen, ich hör ein Flüstern
In dem stockdunklen Korridor;
Ich hör ein Schluchzen, ich hör ein Klagen –
Ein Schatten vergangener Tage.

Aber wer weiß, wer er wirklich ist, dieser Mann,
Diese einsame Gestalt?
Und wer weiß, wer sie wirklich ist, die Frau,
Die er ermordet haben soll?
Wer waren sie einst, als sie hier unten saßen
Im fahlen Licht einer Kerze?

Der arme Edward Boots war der Sohn des Schuhmachers,
Sie war die schöne Mairead:
Im Tageslicht hielten sie Abstand,
Sprachen kaum ein Wort miteinander –

I hear a sobbing, I hear a moaning -
A shadow of the days of yore.

They call him the vaults' evil entity,
The ghost of a murd'rer
Who is damned to haunt these halls forever.
They've heard the stories of the girl,
They imagine her dead body,
Think they can hear her skirl.

They say he has killed her down in the dark,
Think him an evil ghost:
People who come down there into the vaults.
They hear him whisper, feel his breath
When he tells them to get out there –
He seems to be the death.

I hear a scratching, I hear a whisper
Down in the pitch-black corridor;
I hear a sobbing, I hear a moaning -
A shadow of the days of yore.

But who knows who he really is, this man,
This lonely creature there?
And who knows who she really is, this girl,
They say has been murdered by him?
Who were they once, sitting down there
In a candle light's dim?

Poor Edward Boots was the shoemaker's son,
Bonnie Mairead was she:
In daylight they surely held their distance,
They barely spoke with each other –

*Im dunklen Mantel der Nacht entflohen sie
Den täglichen Plagen der Stadt.*

*Ich hör ein Kratzen, ich hör ein Flüstern
In dem stockdunklen Korridor;
Ich hör ein Schluchzen, ich hör ein Klagen –
Ein Schatten vergangener Tage.*

*Als sie sich dort trafen, allein, in der Dunkelheit –
Ungesehen und ungestört,
Süße Worte der Zuneigung flüsternd,
Verborgen vor der tratschenden Menge…
Er flüsterte, küsste sie… sein Rücken der Tür
Zugewandt, den Kopf leicht geneigt…*

*Sie schnappte nach Luft – von dem Kuss? Nein, von dem, was
Sie sah: Ihres Vaters Gesicht, rot vor Zorn,
Erfüllt von Wut, eine Klinge in seiner Hand. Sie schrie.
Was tat Edward? Stieß sie fort,
Trat ihrem Vater entgegen, flüsterte „Verschwinde,
Du bist tot, wenn du bleibst!"*

*Ich hör ein Kratzen, ich hör ein Flüstern
In dem stockdunklen Korridor;
Ich hör ein Schluchzen, ich hör ein Klagen –
Ein Schatten vergangener Tage.*

*Was ist das Ende ihrer tragischen Geschichte?
Lebten sie? Starben sie?*

*Da lebt ein Mann in den schattenhaften Katakomben;
Er lebt allein in der feuchten Dunkelheit,*

In the night's dark cloak they escaped
The town's daily bother.

I hear a scratching, I hear a whisper
Down in the pitch-black corridor;
I hear a sobbing, I hear a moaning -
A shadow of the days of yore.

When they met there, alone, in the darkness –
Unseen and undisturbed,
Whisp'ring sweet words of devotion,
Hidden from the gossiping crowd…
He whispered, kissed her… His back to the
Door, his head slightly bowed…

She gasped – from his kiss? Nay, from what she saw:
Her father's face, outraged,
Filled with wrath, a blade in his hand. She screamed.
What did Ed do? Pushed her away,
Faced her father, whisp'ring "Get out,
You'll be dead if you stay!"

I hear a scratching, I hear a whisper
Down in the pitch-black corridor;
I hear a sobbing, I hear a moaning -
A shadow of the days of yore.

What is the end of their tragic story?
Did they live? Did they die?

There lives a man down in the shad'wy vaults;
He lives alone in the damp dark,

*Betrauert seine lang verlorene Liebe, wartet
Dort in dem steinernen Bogengang.*

*Manchmal hört man ein Kratzen, ein Flüstern
In dem stockdunklen Korridor;
Manchmal hört man ein Schluchzen, ein Klagen –
Ein Schatten vergangener Tage.*

Moaning his long lost love, waiting
There in the stony arch.

Sometimes you hear a scratching, a whisper
Down in the pitch-black corridor;
Sometimes you hear a sobbing, a moaning –
A shadow of the days of yore.

My heart is my own - Lyrik

Über Helden und Anti-Helden

Texte basierend auf anderen berühmten Texten

Heroes and Anti-heroes

Poetry-Slams inspired by famous authors

Wissen und Träumen
Ein Poerty-Slam zum Thema Goethes „Faust"

Ich wünsche sehr, der Menge zu behagen, vor allem, weil sie lebt und leben lässt. Doch weiß ich, dass es schwer, ja fast unmöglich ist, einem jeden zu gefallen. Drum versuch ich es erst gar nicht und sage gleich heraus, wem ich missfalle, den mag ich drum nicht minder, nur verstehen tue ich ihn halt nicht. Der versinke einfach still ins Reich der Träume für die nächste Zeit, denn auch damit hab' ich schon etwas erreicht. Weil: Träumen ist's worum sich alles dreht.

Träumen.
Wissen. Glauben.
Hoffen und Beten.
Sein, nicht-sein, sein werden, sein können, gewesen sein.
Wir, die wir hier zusammenstehen, wir alle *sind*.
Und mehr als das, wir sind nicht nur bloße Existenzen, wir sind Väter, Mütter, Söhne, Töchter, Geliebte, Chefs, Angestellte, Freunde, Vertraute, Vorbilder. Wir sind, was die Gesellschaft in uns sieht. Wir sind Künstler, Lehrer, Schüler, Entdecker, Erfinder, Forscher. Wir sind alles, was wir sein wollen.
Vor allem sind wir Träumer.
Ich habe einen Traum. Jeder hat einen Traum. Und er ist das, was wir aus ihm machen. Was wäre ein Leben ohne Träume? Ein Leben ohne Ziele, ohne Wünsche, ohne Sehnsüchte, ohne Fantasien. Es wäre so einfach und so sinnlos.

Knowing and Dreaming
A Poetry-Slam about Goethe's 'Faust'

I wish very much to please the crowd, above all because they live and let live. But I know that it is difficult, almost impossible, to please everyone. That's why I don't even try and say straight away who doesn't like me, I don't like them any less, I just don't understand them. Just quietly drift off into the realm of dreams for the next few minutes as I'd already have achieved something with that. Because: Dreaming is what it's all about.

Dreaming.
Knowing. Believing.
Hoping and Praying.
To be, not to be, becoming, having been.
All of us, here and now, we are.
And more than that, we are not just mere existences, we are fathers, mothers, sons, daughters, lovers, bosses, employees, friends, confidants, role models. We are what society sees in us. We are artists, teachers, students, explorers, inventors, researchers. We are everything we want to be.
Above all, we are dreamers.
I have a dream. Everyone has a dream. And it is what we make it. What would life be without dreams? A life without goals, without wishes, without longings, without fantasies. It would be so easy and so pointless.

We always strive for more knowledge. Pondering over books and paper, and always finding the same thing in the end: that we know nothing.
We live too fast, we live too short. We barely have enough time to accomplish everything we want to accomplish in life. We want to

Wir streben immer nach mehr Wissen. Grübeln über Büchern und Papier, und stellen am Ende immer doch dasselbe fest: Das wir nichts wissen können.

Wir leben zu schnell, wir leben zu kurz. Wir haben kaum genug Zeit, um alles zu schaffen, was wir im Leben schaffen wollen. Wir wollen Kind sein, wir wollen spielen, wir wollen Eltern sein, wir wollen Vorbilder sein, wir wollen alt werden, ohne es zu sein, wir wollen Enkel und wenn wir all das haben, haben wir dennoch etwas verpasst. Wir wollen leben, wir wollen lachen, wir wollen lieben. Wir wollen hassen, wir wollen trauern, wir wollen versöhnen. Wir wollen singen, tanzen und kämpfen.

Aber allem voran wollen wir Kontrolle. Wir wollen alles planen. Wir wollen auf die Vernunft hören, nicht auf die Träume. Der ewige Kampf Kopf gegen Herz, Liebe gegen Verstand.

Manchmal machen wir das schönste Glück zunichte, und begreifen nicht, dass uns für Schönes etwas Besseres entgeht. Wir halten uns für glücklich, weil wir unserem Verstand sagen, dass wir es sind. Nur wenn wir träumen erahnen wir, was noch sein könnte.

Für Träume gibt es keine Grenzen, es gibt keine Normen, keine Einheitsgrößen, keine Limits. Die Vernünftigen träumen nicht so schön wie die Verrückten. Sie versteifen sich auf Theorien und vergessen darüber ihre Fantasie. Und die ist es, die den Menschen ausmacht. Die Fantasie mit all ihren unerfüllten Wünschen und geheimsten Sehnsüchten.

Was macht uns glücklich? Zur Ruhe gehen und sich sicher sein, wie es IST, oder zur Ruhe gehen und sich ausmalen, wie es sein KÖNNTE?

be kids, we want to play, we want to be parents, we want to be role models, we want to grow old without being it, we want grandchildren, and if we have all that, we're still missing out. We want to live, we want to laugh, we want to love. We want to hate, we want to mourn, we want to reconcile. We want to sing, dance and fight.
But above all, we want control. We want to plan everything. We want to listen to reason, not to dreams. The eternal battle head over heart, love over mind.
Sometimes we spoil the best of luck and don't realise that we are missing out on something better in exchange for something good. We think we are happy because we tell our minds we are. Only when we dream do we guess what could still be.
There are no limits to dreams, there are no norms, no one-size-fits-all, no limits. The sensible do not dream as beautifully as the mad. They get stuck on theories and forget about their imagination. And that is what makes people special. The fantasy with all its unfulfilled wishes and most secret longings.

What makes us happy? To retire and be sure of how it IS, or to retire and imagine how it COULD be?
Is the world a miracle or just a random arrangement of particles? Is there magic in everything that lives, or just a law of physics? And what does knowledge mean anyway?
He who studies with ardent effort acquires knowledge, but wisdom only comes to those who dream.
And what does dreaming mean?
Not everything is what it seems. All that is dead is not without return, and not all that lives prospers. When the leaves fall from the trees in autumn, they have the most beautiful colours. And isn't there just as much magic in a bud as there is in the old oak tree that gives us shade?

Ist die Welt ein Wunder oder bloß eine zufällige Anordnung von Teilchen?
Steckt in allem, was lebt, Magie, oder nur ein Gesetz der Physik?
Und was bedeutet überhaupt Wissen?
Wer studiert mit heißem Bemühn, der erlangt Wissen, aber zur Weisheit gelangt nur der, der träumt.
Und was bedeutet Träumen?

Es ist nicht alles, wie es zu sein den Anschein hat. Nicht alles, was tot ist, ist ohne Wiederkehr und nicht alles, was lebt, gedeiht. Wenn im Herbst die Blätter von den Bäumen fallen, haben sie die schönsten Farben. Und steckt in einer Knospe nicht ebenso viel Magie wie in der alten Eiche, die uns Schatten spendet?
In den kleinsten Dingen entdeckt man oft die größten Wunder. Die Träume, die am tiefsten in einem verborgen schlummern, sind die wertvollsten. So unscheinbar, und so unverzichtbar.
Wir sollten weder fürchten Berge, noch Täler. Das Karussell des Lebens steht bereit. Es wartet nicht, es zieht vorüber und will uns alle mitnehmen, auf der großen Reise, die uns bevorsteht.
Wer grübelt, wer zögert, wer überlegt und zweifelt, der wird es nicht verstehen. Der wird sich in seiner sicheren Feste zurückziehen und dort verharren, bis es zu spät ist.
Aber wer glaubt, wer vertraut, der wird es begreifen. Wenn er mitten drin ist in seiner Lebensreise, dann wird er erkennen. Nur wer seinen Träumen folgt, kann sie verwirklichen.

Worauf warten wir also?

In the smallest things one often discovers the greatest miracles. The dreams that slumber deepest within you are the most precious. So inconspicuous, and so indispensable. We should fear neither mountains nor valleys. The merry-go-round of life is ready. It doesn't wait, it's passing and wants to take us all on the great journey that awaits us.

Anyone who ponders, who hesitates, and doubts will not understand. He will withdraw to his safe stronghold and remain there until it is too late

But the one who believes, trusts, will understand. When he's in the middle of his life's journey, he'll see. Only those who follow their dreams can make them come true.

So, what are we waiting for?

For someone to give us a sign?

Is the world a miracle or just a random arrangement of particles? Is there magic in everything that lives, or just a law of physics? And what does knowledge mean anyway?

He who studies with ardent effort acquires knowledge, but wisdom only comes to those who dream.

And what does dreaming mean?

Not everything is what it seems. All that is dead is not without return, and not all that lives prospers. When the leaves fall from the trees in autumn, they have the most beautiful colours. And isn't there just as much magic in a bud as there is in the old oak tree that gives us shade?

In the smallest things one often discovers the greatest miracles. The dreams that slumber deepest within you are the most precious. So inconspicuous, and so indispensable. We should fear neither mountains nor valleys. The merry-go-round of life is ready. It doesn't wait, it's passing and wants to take us all on the great journey that awaits us.

Darauf, dass uns jemand ein Zeichen gibt?
Darauf, dass alles von alleine so kommt, wie es kommen soll?
Wovor haben wir so eine Angst?
Wir wollen Veränderung, doch zugleich fürchten wir uns vor ihr.
Wir sehnen uns danach, akzeptiert zu werden, geliebt zu werden. Dazu versuchen wir zu sein wie alle Welt. Und doch werden wir immer wie kein anderer sein. Denn wer gibt uns die Norm vor? Das sind wir selbst, und nur wir selbst.

Und jeden Tag dämmert ein neuer Morgen, der eine neue Chance bietet, alles zu sein, was man sein möchte. Doch sind wir oft viel zu bequem, viel zu sehr in diesem monotonen Alltag, der uns so viel Sicherheit bietet.
Nur manchmal, da gibt es Augenblicke, Wimpernschläge, in denen wir unseren Träumen zum Greifen nah sind. Es liegt an uns, ob wir ihrem Ruf folgen.

Nur eins noch möchte ich fragen:
Was würdest du tun, wenn du jetzt die Möglichkeit hättest, dein altes Leben zurückzulassen und dich ganz auf etwas Neues einzulassen, von dem du bislang, entgegen aller Vernunft, nur zu träumen gewagt hast? Würdest du die Chance ergreifen? Oder würdest du warten, bis sie vertan ist, obwohl du nicht weißt, ob eine solche Chance dir je wiederkehrt?

Anyone who ponders, who hesitates, and doubts will not understand. He will withdraw to his safe stronghold and remain there until it is too late
But the one who believes, trusts, will understand. When he's in the middle of his life's journey, he'll see. Only those who follow their dreams can make them come true.
So, what are we waiting for?

For someone to give us a sign?
On the fact that everything will happen by itself as it should?
What are we so afraid of?
We want change, but at the same time we fear it.
We long to be accepted, to be loved. We try to be like everyone else in the world. And yet we will always be like no other. After all, who sets the norm for us? That is ourselves, and only ourselves.

And every day a new dawn breaks, offering a new chance to be anything you want to be. But we are often far too comfortable, far too much in this monotonous everyday life that offers us so much safety.
Only sometimes, there are moments, the blink of an eye, when we are close to touching our dreams. It is up to us whether we heed their call.

I just want to ask one more thing:
What would you do if you had the opportunity now to leave your old life behind and embark on something completely new that, against all reason, you only dared to dream of? Would you take the chance or would you wait until it's gone, not knowing if such a chance will ever come again?

Die Highwaylady

Inspiriert von Alfred Noyes' Ballade "The Highwayman"
...And the Highwayman came riding – riding – riding. The Highwayman came riding up to the Old Inn-door.

So das wundervolle Gedicht von Alfred Noyes, das ich hin und wieder allzu gerne zitiere.
Wenn der Highwayman sich heimlich mit der Tochter des Wirtes trifft und ihr ewige Liebe schwört. Wenn der Stallknecht die beiden belauscht und den Truppen des Königs von den Liebenden erzählt. Wenn der Highwayman seine Geliebte um Mitternacht treffen will, doch die Rotröcke vor ihm im Wirtshaus eintreffen und die schöne Bess an ihr Bett fesseln. Wenn sie machtlos dasteht, als die Hufe des Pferdes in der Ferne ertönen und sie weiß, dass es ihr Highwayman ist. Wenn sie als letzte Möglichkeit die Pistole erreicht, die man ihr an den Rücken gebunden hat und wenn sie den Abzug drückt, obwohl es ihren Tod bedeutet, um ihn zu warnen. Wenn der Highwayman vom Tod der schwarzäugigen Tochter des Wirtes erfährt und ihr ins Jenseits folgt. Wenn man heute immer noch in manchen Winternächten die Schatten der Geister zweier Liebender sehen kann, die einander zu finden versuchen – die schöne Bess und ihren Highwayman.

Doch was, wenn die Geschichte anders verlaufen wäre? Was, wenn Bess gar nicht bloß die Tochter des Wirtes war, sondern die *Highwaylady*, die sich heimlich mit einem Mantel und maskiert aus dem Haus schlich, an der Seite einen Degen und auf dem Pferd sitzend wie ein Mann?

The Highwaylady

Inspired by Alfred Noyes's ballad 'The Highwayman'

…And the Highwayman came riding – riding – riding. The Highwayman came riding up to the Old Inn-door.

So reads the wonderful poem by Alfred Noyes which I am all too happy to quote from time to time.
When the highwayman secretly meets the innkeeper's daughter and swears his eternal love. When the stable-wicket overhears the two and tells the king's men about the lovers. When the highwayman wants to meet his beloved at midnight, but the redcoats get to the inn before him and tie the beautiful Bess to her bed. When she stands powerless as the horse's hooves sound in the distance and she knows it's her highwayman. When, as a last resort, she reaches the musket strapped to her back and pulls the trigger, even though it means her death, to warn him. When the highwayman learns of the death of the innkeeper's black-eyed daughter and follows her to the afterlife. If today in some winter nights you can still see the shadows of the ghosts of two lovers trying to find each other - the beautiful Bess and her highwayman.

But what if the story had gone differently? What if Bess wasn't just the innkeeper's daughter, but the Highwaylady who snuck out of the house in a coat and mask, sword by her side and sat on her horse like a man?
What if the Highwayman had been taken before he reached her window that night the stable-wicket eavesdropped?
Maybe in a moonlit, silvery winter night you wouldn't whisper the story of the highwayman, but that of the highwaylady...

Was wäre, wenn der Highwayman gefasst worden wäre, bevor er in jener Nacht, in der der Stallknecht sie belauschte, zu ihrem Fenster gelangen konnte?
Vielleicht würde man sich in mondbeschienen, silbernen Winternächten nicht die Geschichte des Highwayman zuflüstern, sondern die der Highwaylady…

Der Wind lässt die Bäume wie Marionetten tanzen,
Und Dunkelheit hat sich über dem Land breit gemacht,
Nur der Mond taucht alles in seinen silbrigen Schein,
In dem es ist, als ob jeder Schatten zum Leben erwacht.
Niemand sieht sie, als sie das Pferd aus dem Stall führt,
Als sie sich in den Sattel schwingt wie ein Mann.
Nur die Eule betrachtet sie auf ihrem Weg,
Weg vom Haus, über`n Fluss und dann den düster`n Pfad entlang.

Ihr Mantel ist schwarz wie die Nacht um sie herum,
Die Zügel hält sie fest in der Hand.
Der Hut, den sie tief ins Gesicht gezogen, versteckt in ihrem Haar
Den roten Liebesknoten, ihr teures Liebespfand.
Er hatte es geschworen, zur zwölften Stunde,
Doch er ist nicht bei ihr, und sie weiß, was sie zu tun hat.
Also reitet sie, wie von Furien gejagt, treibt sie das Ross
Über die Felder und durch die Wälder in Richtung der Stadt.

Why didn`t the Highwayman come riding?

The wind makes the trees dance like puppets
And darkness has spread over the land,
Only the moon bathes everything in its silvery glow,
In which it feels as if every shadow came to life.
Nobody sees her as she leads the horse out of the stable,
As she mounts her mare like a man.
Only the owl watches them on their way,
Away from the house, across the river and then along the dark path.

Her cloak is black like the night surrounding her,
She holds the reins firmly in her hand.
The hat she pulled low over her face, tucked in her hair
The red love knot, her dear love token.
He swore it: at the twelfth hour
But he's not with her and she knows what to do.
So she rides, as if hunted by the furies she drives the horse
Across the fields and through the woods towards the city.
Why didn't the Highwayman come riding?
The redcoats ambushed,
Betrayed by his dear friend he lies in chains,
Awaits his judgment, the judgment of the outlaws,
That sealed the fates of so many before him.
But his hope sits with a black mask
And with a determined expression in the
Gentle features on the faithful horse's back,
That will lead her straight to him.
She chases along the path,
Which he himself has ridden so many times.
Shadows stretch out their claws for her,
But no one will stop her, her eyes speak for themselves.

Als die Rotröcke des Königs aus dem Hinterhalt kamen,
Vom teuren Freund verraten, sitzt er in Ketten,
Erwartet sein Urteil, das Urteil der Gesetzlosen,
Das so viele vor ihm ereilt.
Doch seine Hoffnung sitzt mit einer schwarzen Maske
Und mit einem entschlossenen Ausdruck in den
Sanften Zügen auf dem Rücken des treuen Pferdes,
Das sie geradewegs zu ihm führen wird.

Sie jagt wie von Furien verfolgt den Weg entlang,
Den er selbst so viele Male geritten ist.
Schatten strecken die Klauen nach ihr aus,
Doch niemand wird sie aufhalten, ihr Blick spricht für sich.

Unruhig wiehert das Tier, als sie sich den finst`ren Mauern nähern, die ihn gefangen halten, die ihn von ihr trennen, die dicken Wände aus kaltem, grauem Stein. Sie wird eins mit ihm, verschmilzt mit den Schatten des Felsens, als sie sich geschickt hinaufzieht, als sie klettert und sich windet.
Wohin? Es ist ein Gefühl, ein Ziehen im Herzen, das ihr die Richtung weist, das sie führt und leitet, bis sie vor dem Fenster steht, das mit eisernen Gittern zwei Liebende trennt.
Sie pfeift, wie er es einst tat, als er in einer mondbeschienenen Nacht vor dem Fenster ihres Gemachs auf sie wartete. Er erkennt die Melodie, erkennt die Stimme, die sich dahinter verbirgt, erkennt das Gefühl, das ihn beschleicht. Er streckt die Hand hinauf zum Fenster, er will sie berühren, doch erreicht er sie nicht. Da löst sie

The beast whinnies restless as they approach the dark walls that imprison him, that separate him from her, the thick walls of cold gray stone. She merges with it, merges with the shadows of the rock as she neatly pulls herself up, as she climbs and twists.
Where? It is a feeling, a tugging in her heart that points her in the right direction, that leads and guides her until she stands in front of the window that separates two lovers with iron bars.
She whistles as he once did while waiting for her outside the window of her chamber on a moonlit night. He recognises the melody, recognises the voice, recognises the feeling that flooding through him. He stretches his hand up to the window, he wants to touch her, but he can't reach that far. Then she loosens her hair, she takes off her hat and lets the black waves flow down to him so that he feels them, that he feels the red love-knot in her long black hair.

'One kiss my bonnie sweetheart…

I have to go before they find me here.
But don't worry, with the nightingale singing
Will I be reunited with you
Then nothing will ever part us again!'
And he kisses the black waves,
Gets lost in his love;
And she rides away to the east,
Filled with both despair and courage.

She did not come at the dawning…
She didn't come at noon…
But the redcoats know too much, they are here and there, and no one can escape their spies. Before the last ray of the evening sun disappears, they appear, silent heralds of misfortune, vultures feasting on the sight of prey that is not yet dead but already theirs to have fun with, menacing colossi, who show him the way. They

ihr Haar, sie zieht den Hut und lässt die schwarzen Wellen hinab zu ihm strömen, dass er sie fühlt, dass er den roten Liebesknoten in ihrem langen schwarzen Haar spürt.

"One kiss my bonnie sweetheart...

Ich muss fort, eh` man mich hier findet.
Aber sorge dich nicht, mit der Nachtigall Gesang
Werde ich wieder mit dir vereint sein,
Dann dauert uns`re Not nicht mehr lang!"

Und er küsst die schwarzen Wellen,
Versinkt, verliert sich in ihrer Flut;
Und sie reitet fort fern gen Osten,
Erfüllt von beiden: Verzweiflung und Mut.

She did not come at the dawning...
She did not come at noon...
Doch die Rotröcke wissen zu viel, sie sind hier und dort, und keiner kann ihren Spitzeln entgehen. Noch ehe der letzte Strahl der Abendsonne hinter dem Horizont verschwindet, tauchen sie auf, schweigende Unglücksboten, Geier, die sich am Anblick der Beute weiden, die noch nicht tot ist, aber schon ihnen gehört, mit der man seinen Spaß haben kann, drohende Kolosse, die ihm den Weg weisen. In Ketten führen sie ihn, ohne ihn zu befragen, ohne Hoffnung auf Gnade zu lassen.
Eine Kette aus hartem Seil, die stumm darauf wartet, sich um seinen blassen Hals schließen zu können. Reglos steht er da, als sie sie ihm umlegen, als sie ihn seiner

lead him in chains without questioning him, leaving no hope of mercy.
A chain of hard rope, silently waiting to close around his pale neck. He stands motionless as they wrap it around him, as they teach him of his crimes and the law of the king they glorify.
But then a shadow steals through the gate, unseen.

And the Highwaylady came riding…
She sneaks through the gate, past the guards,
She is one with the walls of the keep.
She sees her loved one, doomed to die
He stares, he stands motionless on the pedestal.
She doesn't move, she just looks silently,
Listens and waits for the moment
When the command breaks through the night air
And he already has the rope in his neck,
There she jumps forward, the dark avenging angel,
The hope, the desperate lover.
As she grabs him, pulls him backwards, without a word she draws her sword –
He twisted his hands behind him –
And she cuts through the bonds with one stroke, she strikes down the first redcoat. It's the power of despair that gives her strength, it's anger that sustains her, and it's love that makes her forget her anger, that makes her grasp the hand of the man who unties the ropes and stands by her side. Whatever comes, they will get through together, like one they stand there in the dark courtyard of the mighty walls.
Surrounded by redcoats, they stand there, waiting for something to happen, when she whistles her melody again, the tune that makes her blood pulsate, her heart beat, and the familiar knocks approach from afar.
Tlot in the frosty silence, Tlot in the echoing night.

Verbrechen belehren und des Gesetzes des Königs, den sie verherrlichen.
Doch da stiehlt sich ein Schatten durch`s Tor, ungesehen von aller Augen.

And the Highwaylady came riding...
Sie schleicht durch das Tor, vorbei an den Posten,
Sie ist eins mit den Mauern der Feste.
Sie sieht ihren Liebsten, dem Tode geweiht
Schaut er starr, steht unbewegt auf dem Podeste.
Sie rührt sich nicht, sie blickt nur still,
Lauscht und wartet auf den Augenblick,
Wenn der Befehl die Nachtluft zerschneidet,
Und er hat den Strick schon im Genick,
Da springt sie vor, der dunkle Racheengel,
Die Hoffnung, die verzweifelte Geliebte.
Wie sie ihn packt, nach hinten zerrt, wortlos zieht sie den Degen -
He twisted his hands behind him -
Und sie durchtrennt die Fesseln mit einem Streich, den ersten Rotrock streckt sie nieder. Es ist die Macht der Verzweiflung, die ihr die Kraft gibt, es ist die Wut, die sie aufrecht hält und es ist die Liebe, die sie ihren Zorn vergessen lässt, die sie die Hand des Mannes ergreifen lässt, der von Stricken befreit an ihrer Seite steht. Was kommt, das stehen sie zusammen durch, wie ein einziges Wesen stehen sie da auf dem finsteren Hof des mächtigen Gemäuers.
Umzingelt von Rotröcken stehen sie da, sie warten, dass etwas passiert, da pfeift sie wieder ihre Melodie, die Töne, in deren Takt ihr Blut pulsiert, in denen ihr Herz schlägt, in denen sich von Ferne das vertraute Klopfen nähert.

The horse's hooves sound in the distance,
It knows its mission, it knows its destination.
And she knows she only has this moment
So she takes the hand of the robber for whom she has fallen
And as the mare runs through the open gate,
She already grabs its reins
And with her pale lover she disappears in the moonlight,
A pale silhouette in the frosty wind.
They turned, they spurred to the west.
And no one ever saw them again.
It is said they disappeared in the winter night;
Away, in a far away place they live, where no power can separate them, where no one will ever reach them.

But still, on some winter's night, you can hear the whistle of a girl who is waiting in vain for her lover, and his call answers from the distant walls of a fortress. Then her horse's hooves are heard as she rides to save him. And you can hear the trees whisper, 'cause this is the story of the highwaylady.

Tlot *in the frosty silence,* Tlot *in the echoing night.*
Die Hufe des Pferdes preschen über die Ebene,
Es kennt seinen Auftrag, es kennt sein Ziel.
Und sie weiß, dass sie nur diesen Moment hat,
Also ergreift sie die Hand des Räubers, dem sie verfiel
Und als das Ross durch das geöffnete Tor stürzt,
Ergreift sie schon seine Zügel
Und mit ihrem bleichen Geliebten verschwindet sie im Mondlicht,
Eine blasse Silhouette im Nachtwind.

They turned, they spurred to the west.
Und niemand hat sie je wieder gesehen.
Es heißt, sie verschwanden in der Winternacht;
Fort, an einem fernen Ort leben sie, wo keine Macht
sie trennen kann, wo niemand sie je erreichen wird.

Doch noch immer, in manchen Winternächten, da hört man das Pfeifen eines Mädchens, das vergebens auf ihren Liebsten wartet, und sein Ruf antwortet aus den fernen Mauern einer Feste. Dann hört man die Hufe ihres Pferdes, wenn sie reitet um ihn zu retten. Und man hört, wie die Bäume flüstern, denn dies ist die Geschichte der Highwaylady.

My heart is my own - Lyrik

My heart is my own - Lyrik

Über eine Zeit, die die Welt veränderte

~

About a time that changed the world

Corona Straßen, I. Nacht

Stille.
Keine menschlichen Stimmen
      In der Hauptstadt der Highlands.
Keine Touristen
Die die abendlichen Straßen füllen sollten.
Verlassene Hotels,
B&B Schilder zeigen „geschlossen".

Es riecht nach Sommer.
Möwen rufen, Tauben schauen ihnen zu.
Es ist fast Mitternacht, doch die Sonne malt noch immer ihre
      Orangenen Streifen an den Himmel.
Der Fluss fließt, wie er es seit Jahrhunderten tut.

Der Fluss.
Raben baden darin.
Er sah die große Hungersnot dieser Stadt.
Osterglocken blühen an seinem Ufer.
Gefangene ertranken in seinen Fluten.
Spiegel der Nachtsonne.
Er hörte das Stöhnen der Armen und Kranken.
Damals
      Und heute.

Ein Gesicht erscheint in einem Fenster,
Stielt einen Blick auf die Farben draußen,
Wo sich Orange in Rot verwandelt.

Die Straßen sind leer,

Corona Streets, I. Night

Silence.
No human voices
      In the Highlands' capital.
No tourists
      Who should be crowding the evening streets.
Deserted Hotels,
B&B signs reading "No Vacancies".

It smells like summer.
Seagulls call, pigeons watch them.
It's close to midnight but the sun still paints its orange threads
      On the sky.
The river flows like it has done for hundreds of years.

The river.
Ravens bathe in it.
It saw the great famine of this town.
Daffodils bloom by its shore.
Prisoners drowned in its currents.
Mirror for the night sun.
It heard the moaning of the poor and sick.
Back then
      And now.

A face appears in a window
Steals a look at the colours outside
Where orange turns into red.

The streets lay empty,

Ich laufe in der Mitte
  Ohne Angst zu haben.
Ein kleiner Hase folgt.
Er mag diese sichere, neue Welt.
Was wir fürchten, umarmt er.

Rot wird Violett.
Auf dem Castle Hill
  Tanzen Bäume im Sommerwind.
Der Hügel sah Leben kommen und gehen.
Geburt. Tod.
Mord, Krankheit, Alter.
Es ist ihm gleich.
Er betrauert nicht die sterblichen Seelen,
  Er war lange vor ihnen da und wird nach ihnen bleiben.

Ich gehe nach Hause
Als sich das Violett blau färbt.
Denn wenn die Sonne heute stirbt
  Wird sie morgen neu geboren.
Das schwindende Licht wartet nur
  Auf den neuen Morgen.

I walk in the middle
	Without fear of being run over.
A little hare follows suit.
He likes this safe new world.
What we fear, he embraces.

Red turns into purple.
On the castle hill
	The trees dance in the summer breeze.
This hill saw lives come and lives pass.
Birth. Death.
Murder, disease, old age.
It doesn't matter for him.
He does not moan the mortal souls,
	He was here before them and will be long after.

I turn home
When at last blue takes over purple.
For the sun dies tonight
	It will be reborn tomorrow.
The fading light just waits
	For a new morning.

Corona Straßen, II. Am Fluss

Das Wasser fließt beständig
Wie es das immer tat, wie es das immer wird.
Der Rabe vor mir
Beobachtet sein Fließen, wunderschön und still.
Nichts hat sich für sie geändert
  - *Nicht für den Fluss, nicht für den Raben.*

Menschen gehen vorbei
  Auf Straßen, die leer waren.
Sie lachen, scherzen, lächeln;
Scheinen die Pest zu vergessen,
  Die sie bald wieder einholen könnte.

Natur blüht und grünt,
  Die Möwen singen, die Bienen summen;
Blumen in gelb, lila, orange,
  Rot strecken die Köpfe der Sonne entgegen.
Nur eine kleine bläuliche Blüte
  Mit weißen Gummis an den Seiten
  - *Weggeworfen und kaum beachtet –*
Bleibt vom
  Verlorenen Paradies.

Corona Streets, II. By the River

The water flows steady
Like it has always done, like it always will.
The raven in front of me
Watches the flow, beautiful and still.
Nothing has changed for them
   – Not for the river, not for the raven.

People pass by
  On roads that have been empty.
They laugh, and joke, and smile;
Seem to forget about that plague
  Which may soon catch up on them
  Again.

Nature blooms and greens,
  The seagulls sing, the bees hum;
Flowers in yellow, purple, orange,
  red Raise their heads to the sun.
Just a little blueish blossom,
  With white strings on its sides
     – Thrown away and barely granted a look –
Remains of
    Paradise Lost.

My heart is my own - Lyrik

My heart is my own - Lyrik

DANKSAGUNG

Mein allergrößter Dank gilt Rhiannan für die wunderschönen Illustrationen zu meinen Texten!
Du bist die Beste!
Dann danke ich allen meinen Probe- und Korrekturlesern – meiner Mutter Anke für die deutschen und Megan, Max und Neil für die englischen Texte.
Eure Hilfe ist unbezahlbar!
Ich danke all den Menschen, die mich im Alltag zu Gedichten inspirieren, auf welche Weise auch immer. Danke, Rebekah, für unsere Diskussionen über Literatur und für die Fiction Addiction Society und dafür, dass du „Der kleine Pferdehof in den Highlands" auf den Tomnahurich Hill und wieder runter geschleppt hast, damit ich ein Foto am Original-Schauplatz machen konnte. Danke, Ursula Gerber und Verlag Federlesen.com, dass ihr dieses neue Projekt von mir verwirklicht.

Ich freue mich auf Feedback oder Kommentare auf einer meiner Social Media Autorenseiten oder bei eurem liebsten Online-Buchladen.
☺

Rebecca Loebbert, 2022

ACKNOWLEDGEMENTS

My biggest thanks go to Rhiannan for the beautiful illustrations to my texts!

You're the best!

Then I thank all my test- and proofreaders – my mother Anke for the German and Megan, Max and Neil for the English texts.

You're just amazing!

I thank all the people who inspire me to write poetry in everyday life, in whatever way. Thank you, Rebe-kah, for our discussions about fiction and poetry, for the Fiction Addiction Society, and for carrying "Der kleine Pferdehof in den Highlands" up and down Tomnahurich Hill so I could take a photo at the original location. Thank you, Ursula Gerber and Verlag Federlesen.com for realizing this new project of mine.

I look forward to feedback or comments on any of my social media author pages or your favorite online bookstore.

☺

Rebecca Loebbert, 2022

ÜBER DIE AUTORIN

REBECCA LOEBBERT

Rebecca Loebbert wurde 1999 in Essen geboren. Schon als kleines Mädchen liebte sie es, Geschichten zu erfinden und jeden, der es hören wollte (oder auch nicht) mit langen und fantasievollen Erzählungen zu erfreuen.

Als Zwölfjährige begann sie, Bücher über ihr Familienleben und ihre Hunde zu schreiben.

Nach dem Abitur begann sie dann die Arbeit an ihrem ersten Roman, einer Zeitreisegeschichte, die unter dem Titel „Der Keltische Gobelin" im Verlag Oeverbos erschienen ist.

Durch zahlreiche Reisen auf die britischen Inseln entdeckte sie ihr Herz für Schottland und vor allem für die Geschichte der unglücklichen Königin Mary Stuart, der sie sich sehr verbunden fühlt.

Pferde haben schon immer eine wichtige Rolle in ihrem Leben gespielt. Vor 17 Jahren begann sie mit dem Reiten und vor drei Jahren begegnete sie Silvano, dem kleinen weißen Pony, das ihr Herz im Sturm erobert hat.

Heute studiert sie Literatur und Schottische Geschichte an der University of the Highlands and Islands am Inverness College.

Neben dem Studium arbeitet sie für das Estate Team des National Trust for Scotland, das sich um den Erhalt des bekannten *Culloden Battlefields* kümmert.

ABOUT THE AUTHOR

REBECCA LOEBBERT

Rebecca Loebbert was born in Essen, Germany, in 1999. From early childhood she loved making up stories and telling them to everyone – whether they wanted to hear them or not.

When she was twelve she wrote her first little books about familylife and her dogs.

After finisheing school she started working on her first novel, a timetravel story with the title "Der keltische Gobelin" that was published by Oeverbos.

Her numerous travels to the British isles made her discover her love for Scotland, especially for the story of Mary Queen of Scots who became her favourite historical character.

Horses, too, have always played an important role in her life. Seventeen years ago she started taking riding lessons and three years ago she met Silvano, the little white pony that stole her heart – it was love at first neigh.

Today she studies literature and Scottish history at the University of the Highlands and Islands.

She also works for the Estate Team at Culloden Battlefiel.

There are not only Highland cows and goats living at the battlefield but also two ponies who have fulfilled

Außer Highland-Kühen und Ziegen wohnen auch zwei Pferde auf Culloden Battlefield, die ihren Traum wahr gemacht haben, ohne Sattel und mit wehender Mähne mit ihr durch die Highlands zu galoppieren.

Wenn sie nicht gerade auf der Suche nach neuen Inspirationen durch die schottischen Hügel streift, ist sie im Pferdestall zu finden oder lernt eine neue Sprache.

In „Der kleine Pferdehof in den Highlands" und „Winterküsse in den Highlands" hat Rebecca Loebbert nun ihre Liebe zu Pferden mit ihrer Liebe zu der rauen Landschaft und romantischen Kulisse der Highlands verbunden.

Wer mehr über Rebecca Loebbert, ihre Bücher oder ihr Leben mit Pferden in Schottland erfahren möchte, kann gerne auf einer ihrer Autorenseiten vorbeischauen, bei Facebook, Twitter, Lovelybooks oder Instagram.

her dream of galopping barback through the Highlands.

When she isn't wandering through the Highlands, looking for new inspiration, she'll be at the stables or home learning a new language.

In "Der kleine Pferdehof in den Highlands" and "Winterküsse in den Highlands" Rebecca Loebbert combined her love for horses with her love for the rough scenery and romantic landcape of the Scottish Highlands.

If you'd like to learn more about her, her books or her life with horses in Scotland can visit one of her author pages on Facebook, Twitter, Lovelybooks or Instagram.

ÜBER DIE ILLUSTRATORIN

RHIANNAN REDMOND

Rhiannan Redmond, geboren am 25. November 1992, studiert Literatur an der University of the Highlands and Islands am Inverness College, wo Rebecca Loebbert und sie sich kennengelernt haben.

Am Wochenende arbeitet sie in einem Café. Ansonsten ist Rhiannan Redmond Vollzeitmutter von zweijährigen Zwillingen, einem Jungen und einem Mädchen, mit denen sie gern in Parks spazieren geht und ihnen vorliest.

Sie bezeichnet sich selbst als eher kreative Person mit einer Leidenschaft für Kunst.

Es begann als kleines Hobby, das ihr half, in ihrem stressigen Alltag ein bisschen zu entspannen.

Nun freut sie sich, durch die Zusammenarbeit mit Rebecca Loebbert mehr aus diesem Hobby zu machen und ihre Bilder einem grösseren Publikum vorstellen zu können.

Ihre Bilder sind auch in Farbe erhältlich.

Wer mehr über Rhiannan Redmond erfahren oder mehr Bilder von ihr sehen möchte, kann ihren Instagram Account besuchen:
love2draw92.

ABOUT THE ILLUSTRATOR

RHIANNAN REDMOND

Rhiannan Redmond was born on 25th November 1992 and studies literature at the University of the Highlands and Islands where she met Rebecca Loebbert.

On the weekends she's working in a café. Rhiannan Redmond is a full-time mother of baby-twins, a boy and a girl, who she takes on walks and also tries to introduce to the joys of reading books.

She is a very creative person with a passion for art.

It started off as a hobby that helped her escape her busy everyday-life.

Now she is very excited to introduce a wider public to her images due to the cooperation with Rebecca Loebbert and to make her hobby become a job.

Her pictures are also available in colour.

If you'd like to learn more about her or see all of her pictures visit her Instagram account:
love2draw92.

My heart is my own - Lyrik

Von Rebecca Loebbert sind bei uns bisher erschienen:
Books by Rebecca Loebbert:

Printed in Great Britain
by Amazon